追憶映画館

テアトル茜橋の奇跡

伴 一彦

PHP
文芸文庫

○本表紙デザイン＋ロゴ＝川上成夫

Contents

Now showing…

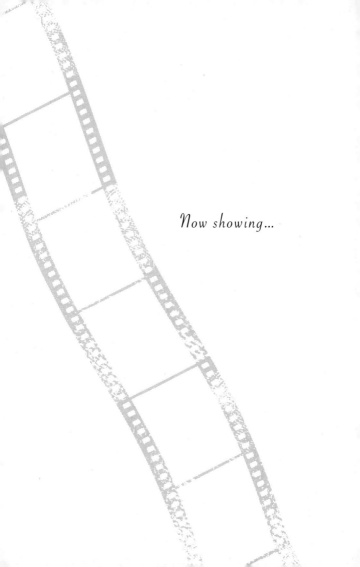

ニュー・シネマ・パラダイス　帰郷

機体とともに体が左に傾《かし》いでいく。窓の外は朝の光が満ち、冬ざれの田んぼが広がっている。

映美《えみ》の乗る飛行機は水平飛行に戻り、成田国際空港へ最終の着陸態勢に入った。

……日本に帰ってきた。

頰《ほお》が緩みかけたが、高校生の時に観た映画『ニュー・シネマ・パラダイス』のセリフを思い出した。

「郷愁（ノスタルジー）に惑わされるな」

そう、郷愁に浸るために日本に帰ってきたのではない。過去に決着をつけるためだ。

到着ロビーは平日にもかかわらず旅行客や迎える人たちでごった返していたが、映美を迎える者はいない。日本には仕事関係者や親戚もいるが、帰国することは誰にも告げていない。映美は迷うことなく出口に向かった。

海外からの到着客だからか、タクシーの運転手は荷物をトランクに入れるか聞いてきた。

映美の荷物は小さなスーツケース一つだけ。

「結構です。茜橋《あかねばし》までお願いします」

「アカネバシ？」

やはり聞き返された。茜橋は千葉県から東京都に入ってすぐの区にある。

運転手は「ああ」と笑い、車をスタートさせた。茜橋はタクシーの運転手にも忘れられた街なのだ。

東関東自動車道は渋滞もなく、一時間足らずで江戸川を越えた。

流れる風景の中に塔のようなものが見え隠れしている。東京タワーが見える距離ではない。東京スカイツリーなのだろう。映美が日本を離れた二十数年前には建設計画すらなかったものが、今は青空を従えるように屹立《きつりつ》している。

タクシーは小松川《こまつがわ》で高速を降り、荒川沿いの道路を走る。左の土手の向こうにスカイツリーが見え、右側にはいわゆる海抜ゼロメートル地帯が広がっている。

「ここで停めて下さい」

映美は茜橋の信号を越えたところで運転手に声をかけた。

「街に入らなくていいんですか？」

「ええ」

タクシーを降りて土手に上がる。冷たい風が息を白くし、頬を紅潮させる。

懐かしい。遠くの富士山を見ながら小学校に通った土手だ。映美は雪化粧をした富士山が好きだった。今の時期は裾野《すその》まで雪に覆われているはずだが、冬には珍しく曇っていて見えない。

振り返って茜橋の街に目をやる。昔は都電が通り、駅を中心に賑わっていたらしい。都電が廃止されるとJRや私鉄の駅から遠い茜橋は陸の孤島になり、街の発展は止まった。

一番高いビルで五階建てぐらいだろうか？　二階建ての住宅がほとんどだ。

自分の育った家を探してみたが、見つからない。ここから見えたはずなのに。

土手を下り、目の前の街並みに遠い記憶を重ね合わせて歩く。

あまりの変わらなさに、タイムスリップしたのではないかと疑う。もちろん酒屋がチェーンのコンビニになったり、ビルが消えて時間貸しの駐車場になっていたり、一戸建てが集合住宅に建て替わっていたりと、確かにこの街にも時間は流れてはいるのだが。

映美は立ち止まり、雑居ビルの住所表示を確認した。

茜橋5丁目12-13

ここに間違いない。映美が育った家があった場所だ。

雑居ビルに入居しているのは飲食店ばかりで、住居として使われている様子はない。

斜《はす》向かいの蕎麦《そば》屋は昔からあった。木造の一軒家で、父がここの蕎麦が好きでよく出前を取っていた。藍地に白抜きで［梅庵《ばいあん》］と屋号が入った暖簾《のれん》はすっかり日に焼け、ところどころ破れている。

店主は高齢で引退しているかもしれない。子供の頃は大人の歳なんて考えたことはなかった。大人は子供と違っていつまでも背は伸びないし声変わりもしない、不思議な存在だった。大人は小さい時から大人で、子供はずっと子供。そう信じていた時期もあった。

蕎麦屋の店主、あるいは後を継いだ人間に話を聞こうと思ったが、その前に確かめなければならないことがあった。

［梅庵］を通り過ぎ、次の角を曲がる。そしてまっすぐ進み信号を二つ越える。目を瞑《つむ》っても歩ける道。三つ目の交差点を左折すると、目的の場所だ。

近づくたびに、あの独特の匂いの記憶が甦《よみがえ》り、セピア色の映像がフラッシュバックする。

古びたドア。

消毒薬が匂うフロア。

煙草《たばこ》の焦げ跡がついた座席。

くすんだスクリーン。

映写機の音。

観客の笑い声、悲鳴、すすり泣き。

テアトル茜橋の思い出。

茜橋にあった、たった一つの映画館。

南仏のラ・シオタにある世界最古の映画館、エデン座（エデン・テアトル）を模した石造りの立派な建物だった。

一九五四年（昭和二十九年）にオープン。オードリー・ヘップバーン主演の『ローマの休日』が柿落《こけら》としだった。

しばらくして、封切り作品だけでなく古い映画も上映する名画座になった。オーナーである父の意向だった。

映美もここでたくさんの映画を観た。

でもあの冬、悲劇が起きた。

映美は三つ目の交差点を曲がり——足が竦《すく》んだ。

まさか。

テアトル茜橋があった。昔のままの姿で。

いや、建物の一部は焼け焦げ、雨風に晒されて朽ち果てている。柵で囲まれ、〝立入禁止〟の看板も掲げられている。

懐かしさがこみ上げる前に疑問が湧いた。

なぜ、取り壊されずに残っているのだろう。

建物の所有権はどうなっているのだろう。

映美はある目的を持って日本に、茜橋に戻ってきた。この状況は目的達成のプラスになるのだろうか？　それとも障害になるのだろうか？

映美は戸惑い、古い映画館を見つめた。

第一話　レオン

テアトル茜橋の前には、映美の他にもうひとり困惑して立ち尽している人間がいた。

吉田裕司《よしだゆうじ》だ。映美とは面識がなく、彼女の存在を気にかけなかった。そんな余裕はなかった。

裕司はモノクロームの世界にいた。朽ちかけた映画館だけでなく、茜橋の街並みも歩いている人たちにも色がなかった。まるでウサギの穴に落ちたアリスのように、古い白黒映画の中に迷い込んだようだった。

……街の風景は心のありようでまったく違って見えるもんだな。

裕司はつくづく思った。

九年前、初めて訪れた茜橋は、まばゆい光と数えきれないほどの色に満ち溢《あふ》れていた。

結婚を許してもらおうと、慣れないスーツを着てネクタイをしている。胃が口から出そうなほど緊張していたが、茜橋の街は優しく見守ってくれているように思えた。

恋人の玲子《れいこ》の両親は「会うと情が移るから」となかなか会ってくれなかった。「もう強硬手段しかないよ」と言う玲子に引っ張られ、父親が週末ゴルフに出かけないことを確認して茜橋へやってきた。

ＪＲの最寄り駅から玲子が電話して父がいることを確認したが、十五分後に実家に着いた時にはいなかった。二人が来ることを知ると、母親が止めるのも聞かずに出かけてしまったという。

裕司は半分ホッとした。母親の許可だけで結婚できれば願ったり叶《かな》ったりだ。甘かった。父親は戻ってきた。裕司は緊張して迎えたが、父親は予想に反してニコニコ顔だった。

「吉田くん、酒は飲めるんだろ？」

「あ、はい」

戸惑いながら答えた裕司に、父親は大事そうに抱えたワインを見せた。

「馴染みの酒屋にワインを預けているんだ。グラン・ヴァンは繊細だから、家で保管するより安心なんだ」

グラン・ヴァン……初めて聞く言葉だった。

「最高級のワインのことだよ。これはシャトー・マルゴー。飲み頃にはまだ早いが、今日は特別だからね」

「あ、はあ」

裕司は父親の上機嫌さに戸惑った。

「ワインには詳しくないようだね。フランスのワインの産地で有名なのはブルゴーニュ地方とボルドー地方。ボルドーには五大シャトーというのがあってね、これはメドック地区にある……」

父親は熱く語ったが、裕司はほとんど理解できなかった。普段は焼酎だったし、ワインを飲むにしてもコンビニの千円以下のものだ。

父親は見たこともない大きなグラスを用意し、ワインの栓を慎重に開けた。

「母さん、こいつに合うつまみを作ってくれ」

母親が台所に立つと、父親は玲子にも手伝うように言った。父親の意図が判り、裕司は緊張した。玲子は励ますように頷いて台所に向かった。

裕司は結婚の許可をもらおうとしたが、父親は「まあまあ、とにかく飲もうじゃないか。足を崩したまえ」と話を切り出させなかった。

父親は大きなグラスにゆっくりとワインを注ぐと、裕司の前に置いた。

そして同じように注いだグラスを掲げてワインの色を見る。満足そうに頷くと、今度はグラスを回して香りを嗅ぐ。そして陶然《とうぜん》と目を閉じ、ため息を洩《も》らした。

裕司も真似てグラスを回してみると、鼻を近づけなくてもワインの香りが立ち上るのが判った。

香りに圧倒された。感想を求められたが、ワインの知識がなく『素晴らしい』という言葉しか思いつかなかった。

ワインを口に含むと、その香りは喉の奥から鼻に抜け、鼻腔《びこう》の嗅細胞を刺激し、麻痺させた。

もし幸せに匂いがあるとすれば、きっとこういう匂いだ。

母親と玲子が作った料理はどれも美味しく、ワインが進んだ。

「ラベルじゃなく、エチケットって言うんだ」

一瞬話の流れが判らなかった。そうだ、ワインのラベルの話をしていた。

……酔っている。

この程度の量で酔うはずはないのに。高価なワインのせいだろうか？　いや、結婚を承諾してもらえると確信したからだ。

ワインのエチケットには堅牢な石造りの建物が描かれている。

「これはワイナリーの建物だよ。確かにテアトル茜橋に似てなくはないな」

父親は改めてエチケットを見てひとりごちた。

テアトル茜橋は茜橋にあったたった一つの映画館で、世界で一番古い映画館に似せて造られたそうだ。

「今は閉まってるけど、うちに来る途中にあったじゃない」

玲子に言われたが覚えてなかった。

父親はテアトル茜橋で観た映画のことを楽しそうに話し始めた。

「小学生の頃からだから百本、いや、二百本は観てるかなあ。やっぱり最後に観た『ニュー・シネマ・パラダイス』が思い出に残ってるなあ」

父親はその映画について色々と語りたかったようだが、裕司は観ていなかった。

父親は不満そうに、裕司が一番好きな映画を聞いた。

裕司は映画をほとんど観ていないが、一本だけ思い出した。

「『レオン』です」

「リュック・ベッソン監督か。キミは暴力的な映画が好きなのか?」

裕司は戸惑った。『レオン』は孤独な殺し屋が主人公で殺人や銃撃戦のシーンもあるが、家族を殺されてひとりぼっちになった少女との心の交流が印象的な映画だ。

「そういうわけではありませんが……」

父親と議論してもしかたない。裕司は曖昧《あいまい》に言葉を濁した。

それから更に勧められるままにワインを飲み、聞かれるままに生い立ちを話した。両親は既に亡くなっていること、小さい頃から車が好きで自動車工場で働きたいと思い続け、叶えたこと、将来は独立して整備工場を経営する夢も話した。

「素晴らしいな」と父親に同意を求められ、母親も目を細めて頷いた。

「裕司さん、そろそろ」

玲子に言われ、一瞬なんのことか判らなかった。ああと座り直し、かしこまった。

「お父さん、お母さん、玲子さんと結婚させて下さい」

数日前から何度も練習したセリフを口にする。ワインで呂律《ろれつ》が怪しかったが、うまく言えた気がする。

「娘をよろしく頼む」

そう返ってくると思っていた。ところが、父親の口から出たのは——

「気が済んだだろ?」という言葉だった。

「はい?」

思わず聞き返した。

玲子も「お父さん、何言ってるの?」と、信じられない様子だった。

「だから気が済んだだろ、と言ってるんだ」

先程までの笑顔はなんだったのか？　父親は厳しい表情を向けている。

「今日を限りに玲子には会わないでくれ」

「お父さん！」

父親はきっぱりと言った。

「キミは玲子を幸せにできない」

裕司は試されていると思った。

「いえ、玲子さんを絶対に幸せにします」

「無理だ」

「なぜですか。僕は玲子さんを愛しています。お金はありませんが、必ず幸せにします」

いつもなら引き下がっていたが、抗弁してしまった。きっとワインのせいだ。

「私は裕司さんと一緒にいるだけで幸せだよ、お父さん」

父親は玲子の言葉を無視した。

「一緒に酒を飲んで判った。キミは優しい男だ。だからダメだ」

「いいことじゃない！　どうしてそれが反対する理由になるの？」

「その優しさが仇《あだ》になるんだ。帰りたまえ」

何を言っても無駄だった。理不尽さに腹が立った。

「改めてご挨拶に伺います」

なんとか気持ちを抑え、頭を下げた。

玲子は追いかけて来なかった。きっと父親に止められているのだろう。

これからどうすればいいのか？　途方に暮れ、茜橋の街を歩き回った。

気がつくと廃墟の前にいた。それがテアトル茜橋と気付いたのは、先程のワインのエチケットに描かれた建物に似ていたからだ。火事で一部が焼け焦げ、〝立入禁止〟の柵が設けられている。

うらぶれた佇《たたず》まいに、自分を見ているようでいたたまれなかった。

どこをどうさまよったのか、アパートに帰り着いた時にはすっかり夜の帳《とばり》が下りていた。

廊下の暗がりにうずくまっている人影があった。

「玲子ちゃん！」

「もう家には帰らない」玲子は体をぶつけてきた。

鼻腔をくすぐる甘い匂い。それは幸せの香りのはずなのに……

裕司は玲子を部屋に入れずにタクシーに乗せた。

「茜橋まで」

「もう一度父と話してくれるの？」

首を振り、運転手に「行って下さい」と告げた。

「どうして⁉」

裕司は答えなかった。

「……私のことはもういいのね」

タクシーのドアが閉まり、玲子の悲しげな表情が遠ざかっていった。

眠れなかった。眠ろうとすると玲子の父親の言葉がリフレインした。

「キミは優しい男だ。だからダメだ。その優しさが仇になる」

確かに小学生の頃から優しいと言われ続けた。友だちに大切な本を貸し、そのまま自分のものにされたことがある。中学の時は万引した友だちを庇《かば》って自分が疑われた。大学時代、信じていた友人に裏切られたこともある。彼は裕司を悪者にして裕司が好きだった女の子をものにした。

それでも裕司は彼らを恨まなかった。親切を仇で返されたと思わなかった。

ワインに酔ってところどころ記憶が抜けているが、そんな性格を玲子の父親の前でさらけ出してしまった気がする。

父親の心配も判る。裕司も玲子を不幸にしたくない。だから心を鬼にして玲子を家に戻した。

でも、本当にそれでいいのか？　玲子を諦められるのか？　自分を問い詰めた。

一週間後、裕司は再び茜橋を訪ねた。

「玲子さんと結婚させて下さい」

玲子のいない人生は考えられなかった。

「俺の優しさは玲子さんを幸せにするためだけに使います」

裕司はそう言って頭を下げ続けた。


半年後、裕司と玲子は区の施設で結婚式を挙げた。娘の幸せを願う父親から、挙式の費用を全額負担するからちゃんとした式場でやれと言われたが、裕司たちは身の丈に合った結婚式をやりたかった。友人たちに祝福され、玲子を幸せにすると改めて誓った。

裕司は真面目に働いた。責任ある仕事を任せられるようになり、給料も増えた。

四年後には娘が生まれ、希望《のぞみ》と名付けた。

初めて希望を連れて茜橋にやってきた時も、街はまばゆい光と色に溢れていた。

義父はこわごわと孫を抱き、目を細めた。希望は無邪気に笑った。

裕司は希望のためにマイホームを持ちたいと思った。今の貯金では一軒家どころか郊外の狭いマンションさえ買えない。住宅ローンを借りるにしてももう少し自己資金が必要だった。

裕司は希望が小学校に上がる六年後を目標に頑張ることにした。仕事を終わらせると一刻も早く帰宅して希望を抱きたかったが、毎日のように残業した。金曜と土曜の夜は時給のいい宅配便の配送センターのバイトを入れ、玲子と希望と一緒に過ごすのは日曜日だけになった。玲子もひとりで希望の世話をするのは大変そうだったが、マイホームのために我慢してくれた。

希望はすくすくと成長した。

希望がまだ言葉を覚える前から一緒にＤＶＤやネットの動画を観た。希望は気に入った動画は食い入るように観る。裕司も昔からそうだった。

玲子が笑う。

「動画観てる時の恰好が同じなんだもん。親子だね」

振り返ればこの頃が人生最良の時だった。

関根《せきね》が連絡してきたのは、希望の四歳の誕生日だった。

関根は裕司が中学の時に万引を庇った男だ。まだ独身の頃、同窓会で再会して付き合いが復活した。その時は証券会社に勤めていて、株取引を勧められた。通信会社の上場前の株だったが、彼が信用できなかったことと値段が高すぎて手が出なかった。その株は関根の言う通り爆発的に値上がりした。

それから、関根が株取引を持ちかけることはなかったが、時々話を蒸し返した。

「バカだなあ、借金してでも買っとけば五倍にはなってたんだぞ。百万円を惜しんで五百万円を逃したんだ」

そう言われても裕司は惜しいとは思わなかった。金があって邪魔になることはないだろうが、給料で唯一の趣味である好きな映画のＤＶＤも集められたし、月に一度は焼肉を思う存分食べられた。

でもそれは独身だからだった。結婚して子供ができ、マイホームを持ちたいと思えば、金はあればあるほどいい。

しばらく疎遠になっていた関根が連絡してきた理由はすぐに判った。

「貯金いくらある？」

裕司は正直に答えた。

「それじゃ家を買えるのは十年後だな」

その通りかもしれない。

「バイオマス発電って知ってるか？」

関根に分厚いパンフレットを渡され、生物由来の再生可能資源が原料の地球に優しい発電方法だと説明された。利回りも良くて投資家が注目していること、そして関根自身も投資していると強調した。

「俺に五百万預けろ。倍、いや、三倍に増やしてやる」

迷った。

「絶対儲かる。元本を保証してもいい」

それでも迷った。

「玲子ちゃんと希望ちゃんのためにマイホームが欲しいんだろ？」

揺れた。

「俺ももうすぐ子供が生まれるんだ」

だから、助けてくれと関根が言った。

子供ができると危ない賭けはしないはずだ。

裕司は当面の家賃の引き落とし分などを除いた貯金全額、五百万円を関根に預けた。

ところが、その日を境に関根と連絡が取れなくなってしまった。

スマホにかけると直接留守電に繋がる。伝言を残しても折り返しがない。何度かかけるうちに、この番号は使われていないというアナウンスに変わった。

会社に電話して、関根が一年も前にやめていたことを知った。関根は最初から騙《だま》すつもりだったのだ。

裕司は焦った。

関根の自宅に行き、チャイムを鳴らした。中に人の気配があったが、返事はない。

「関根！　俺だ、吉田だ！　いるんだろ！」

ドアが開いた。裕司は閉められないように足を突っ込んだ。

顔を覗かせたのは関根の妻だった。怯え、憔悴《しょうすい》していた。

素性を明かすと関根の妻は事情を話した。

関根は愛人を作り、会社の金を使い込んでクビになったのだった。妻の妊娠も、投資話も嘘だった。裕司の他に何人も被害者がいた。

「今頃、愛人と逃避行を楽しんでるんじゃないですか」

関根の妻は怒りに声を震わせた。


「どうしたの？」

よほど顔色が悪かったのだろう、帰宅すると玲子に訊《き》かれた。

話せなかった。玲子を悲しませたくなかった。風邪を引いたかもしれないと誤魔化した。

玲子に知られてはならない。裕司は玲子が預金残高をチェックすることはないと思ったが、念のため借金をして口座に入れておいた。

借金は毎月の給料から返したが、利息分が精一杯で元金はまったく減らなかった。

どうやって返せばいいんだ。裕司はビギナーズラックを狙ってギャンブルをやってみた。競輪競馬、ボートレース、どれもまったく当たらなかった。宝くじも年末ジャンボ、サマージャンボ、ドリームジャンボ、ロト6、ロト7……ありとあらゆるものを買ってみたが、自分の博才のなさに呆《あき》れるしかなかった。

そしてついに闇金融に手を出してしまった。借金は減るどころか膨らむばかりだ。

ある日深夜のアルバイトを終えて帰宅すると、玲子が起きていた。

「どうした？　希望がぐずったりしたのか？」

声をかけ、玲子が預金通帳を見ていることに気づいた。

冷たいものが背中を駆け抜けた。玲子は何も言わずに裕司を見据えた。

もう誤魔化せない。裕司はこれまでの経緯を話した。

裕司の話が終わっても玲子は黙っていた。

沈黙が永遠に続くと思われた時、希望が起き出してきた。

「お父さん、お母さん、どうしたの？」

二人の雰囲気に希望が不安そうに聞いた。玲子は希望を引き寄せ、抱きしめた。

「お母さん、痛いよ」

希望は離れようとしたが、玲子の悲しみが伝わったのか、声を上げて泣き出した。

翌日、玲子は希望を連れて実家に帰った。


茜橋はモノクロームの街。

朽ちかけた映画館も、街を行く人たちにも色がなかった。

裕司は重い体を引きずるように歩いた。

工場長には突然すぎると怒られたが、なんとか有給休暇を認めてもらった。

実家のインターホンを鳴らすと、「はい」と義母の声がした。

「裕司です。お詫びに……」

「帰って下さい」

「お願いします。玲子に会わせて下さい」

「帰れ！」

代わった義父は荒々しくインターホンを切った。

何度も鳴らしたが、返事はなかった。

……このままでは帰れない。玄関先に立ち続けた。暗くなり、室内に明かりが点いても、放置された。最終電車の時間まで立ち続けたが、声さえかけてもらえず、泣く泣く帰るしかなかった。

翌日も有休を取った。インターホンを鳴らすとドアが開いた。

ホッとなって玄関に入ると、いきなり鉄拳が飛んできた。突然のことに避けられず、顎《あご》に一撃を受けて倒れた。いくらなんでも暴力は……と思ったが、それで許してもらえるならいくらでも殴って欲しかった。だが、義父はそれ以上殴らず、裕司を居間に引っ張っていった。

テーブルの上に、離婚届が置いてあった。

「署名しろ。慰謝料は勘弁してやる」

「……イヤです」

「こうなることは判ってた。優しいということは優柔不断ということだ。だから結婚に反対したんだ」

何も言えなかった。

「二度とわしらの前に現れるな」

「玲子に、希望に会わせて下さい」

「許さん」

「お願いします」

畳に頭をこすりつけた。

「早く署名しろ」

しかたなくペンを握ったが、手が震えて書けない。

希望を抱いた玲子が入ってきた。

「お父さん」

希望が抱いて欲しそうに手を広げた。

「希望！」

裕司が近寄ろうとすると、玲子は後ずさりし、無表情に言った。

「署名して下さい」

取りつく島がなかった。

もう一度ペンを握ると、希望が手を伸ばした。

「希望もお絵描きするー」

「……署名するから希望を抱かせてくれ」

玲子は一瞬躊躇《ためら》ったが、裕司に希望を渡した。

裕司は希望を抱きしめ、頬ずりした。

「お父さん、いたーい」

きつく抱きしめすぎたからじゃない、希望が痛がったのは無精髭《ぶしょうひげ》だった。金策に走り回り、風呂もろくに入ってなかった。

「ごめんごめん」

「希望、いらっしゃい」

希望は玲子のところへ行ってしまった。もう少しだけ希望の子供らしい甘ったるい匂いを嗅ぎ、プニプニとした肌を触っていたかった。

「希望、お父さんにさよならしましょ」

「お父さん、バイバイ」

大人の事情を何も知らない希望は、無邪気に手を振った。

涙が溢れそうになり、慌てて背中を向けた。希望には笑顔の父親だけを覚えておいて欲しかった。

裕司は義父に頭を下げ、実家を後にした。


裕司は必死に働いた。

借金を全部返せば、玲子と復縁して希望と一緒に暮らせる——そう信じて。

だが、悪いことしか起こらなかった。

工場が倒産した。

それでも自動車整備士という資格がある。再就職は引く手数多《あまた》だと思っていた。確かに働き口はあったが、給料が安かった。借金を返す余裕はなく、日々生きていくのが精一杯だった。

夜の世界に足を踏み入れた。高収入を得られると思い、ホストクラブに応募したが、口下手な裕司には無理だった。裏方に回された。皿洗い、客が嘔吐《おうと》したトイレの掃除、年下のホストに馬鹿にされながらも歯を食いしばって頑張った。

ホストクラブで豪遊する女性たちがいる。つくづくお金のあるところにはあるものだ、世の中不公平だと嘆くしかない。

犯罪まがいのことで稼いでいるホストもいる。裕司も誘われたが、そこまで堕《お》ちるには度胸が足りなかった。

闇金融から借りた金をコツコツと返し続け、あと二、三年頑張れば完済できそうなところまで来た。玲子と離婚して五年が経っていた。

ところがホスト同士の喧嘩の仲裁に入り、怪我をさせてしまった。多額の治療費、慰謝料がのしかかる。

どうしてこんな目にばかり遭うのだろう……

裕司は高校時代、陸上の選手だった。練習はつらく、試合もつらかった。でも、ゴールが見えると頑張れた。借金返済のゴールが見えたのに、遠のいてしまった。

気力が潰《つい》えそうだった。また闇金融から借りるしかなかった。

毎月のアパート代も負担になったので引っ越すことにした。ネットカフェ生活やホームレスになることも考えた。玲子と希望と一緒に暮らす夢は捨てたくなかったが、この状況を乗り切らなければならない。玲子の荷物は離婚してすぐに実家に送り、アパートには裕司の僅《わず》かな荷物しか残っていなかったが、それも処分しようとした。

【重要】と書かれた書類入れが出てきた。中には生命保険の証書が入っていた。掛け捨てじゃなく、積立金は百万円以上あった。

助かった！

すぐに現金に換えようとしたが、考え直した。

自分が死ねば保険金全額二千万円が入る。それだけあれば玲子と希望と一緒に暮らせる。

待て、その時俺は死んでるじゃないか。いや、二人が幸せになるのならそれでもかまわない。

ところが、保険には免責期間が設定されていなかった。自殺しても保険金は支払われないのだ。

どうして契約の時に確かめなかったんだろう。

そうだ、誰かに殺されればいいんだ。殺し屋に依頼しよう。確実に殺《や》ってくれるのはゴルゴ13だ。どうやって連絡を取ればいいんだ？

追い詰められた裕司は、ゴルゴ13が架空の人物であることを忘れていた。

闇金業者が取り立てに来た。そうだ、こいつらに殺されればいいんだ。裕司は彼らを挑発した。

業者は裕司を痛めつけはしたが殺さなかった。殺したら貸した金が回収できないからだ。

「仕事をしないか？　うまくやったら借金をチャラにしてやる」

「やります！」

即答した。

仕事は東南アジアの某国に荷物を運ぶこと。覚醒剤など違法なものかと思ったが、違った。

「運ぶのはお前の腎臓だ」

腎臓一つで借金を半分に、更に肝臓の一部を提供すれば全額チャラにするという。

……果たしてそれで済むのだろうか？　心臓も眼球も移植用に抉《えぐ》り出されるのではないか？

裕司は震えた。パスポートを持っていないと断ったが、闇金業者はパスポートセンターに連れていき、手続きを強要した。そしてパスポートが発行された日、業者は裕司を成田空港まで連行した。某国行きのチケットは車の中で渡された。

某国到着まで監視されると思ったが、出発ゲートまでだった。裕司は手荷物検査を終え、階下の出国審査場へのエスカレーターに乗った。ガラス越しに業者の歪《ゆが》んだ笑いに見送られた。

裕司は出国審査場、時間が経つのを待った。航空会社の地上職員が裕司の名前を呼びながら小走りに行く。出発時間が迫っているのだ。裕司は腹部を押さえ、その場でのたうち回った。

思惑通り診療所に運ばれた裕司は、医療スタッフのスキを突いて逃げ出した。

飛行機に乗らなかったことは、五時間後には業者に知れる。それまでにできるだけ遠くに逃げる。東京にいれば業者に偶然会う危険があった。裕司は北上する列車に乗った。

半年、東北を転々とした。

……いつまでこんな生活を続ければいいのか。

自分は蟻地獄に落ちた蟻なのか。いくらあがいても這い上がれない。いつかは底に落ち、食われてしまう。時間の問題だ。疲れ果てた。生きていてもしかたがない。

もう死ぬしかないのだ。思い残すことは……

あった。

携帯電話はとっくに解約した。やっと見つけた公衆電話からかけた。

呼出音が鳴る。二度、三度……八度、九度……諦めて切ろうとした時、繋がった。

「もしもし？」

怪訝《けげん》な声は玲子だ。

「俺だ。切らないでくれ！」

電話の向こうで玲子が絶句している。

「希望に会わせて欲しい」

「……五年間、音沙汰なかったのに」

「連絡したかったが、我慢した。借金を返してお前と希望を迎えに行こうと思っていた」

「……借金、返したの？」

言葉に詰まった。玲子は察してため息をついた。

「私、再婚したの。希望も彼のことを本当の父親だと思ってる。私たちの幸せを邪魔しないで」

「……そうか。幸せになって欲しい。だから二度とお前たちの前には現れない。約束する。最期に希望に会わせてくれ」

「希望にはあなたは死んだと言ってあるの」

「……」想像はしていた。

「希望がお父さんに会いたいってうるさく言うから」

希望が会いたがっている！

その時、受話器の向こうで声がした。

「お母さん、誰と話してるの？」

「希望！」

裕司が叫んだ途端、電話は切れた。すぐにかけ直したが、玲子は出なかった。何度かかけるうちに繋がらなくなった。着信拒否されたのだろう。

希望の声を聞いたら未練が増した。死ぬ前にもう一度会いたい。どうしても会いたい。

裕司は茜橋の街へ行った。玲子が再婚してどこに住んでいるのかは、両親に聞くしかない。

最寄り駅から実家まで十五分、初めて来た十三年前と茜橋の街の様子はまったく変わらない。

いや、新しい店がいくつかオープンし、その一つには行列ができていた。

逃げ回っている裕司に流行を気にするヒマはなかったが、最近人気のスイーツの店だと判った。並んでいるのは若い女性ばかりで、楽しそうに順番を待っている。

小学校中学年の女の子二人が駈《か》けてきた。弾けるように笑いながら、前をほとんど見ずに。

行列に気を取られていた裕司は、慌てて避けようとしたが遅かった。

「キャッ！」

赤いボーダー柄の女の子が尻もちをついた。

「ノゾミ、大丈夫⁉」

友だちが慌てて声をかけると、女の子はすぐに立ち上がってスカートの汚れを払った。そして、裕司にぺこりと頭を下げた。

「おじさん、ごめんなさい」

裕司はただただ驚いていた。

女の子はそんな裕司を不思議そうに見ていたが、友だちに促《うなが》されてもう一度頭を下げ、スイーツの行列に並んだ。

希望だった。

間違いない。九歳にしては大人びていたが、昔の面影《おもかげ》が残っている。なぜ希望がここにいるのだろう。玲子は再婚して実家の近くに住んでいるのだろうか？　それともたまたま遊びに来たのか？

希望はランドセルを背負っている。ということは……

希望が不意に振り返った。裕司はさりげなく視線を逸《そ》らした。それでも視界の端で希望を捉えていた。

希望はじっとこちらを見ている。父親だと気づいたのだろうか？　いや、希望は父親は死んだと聞かされているのだ。似た人がいると思っている？　そもそも父親の顔を覚えているのか？

確かめたい。

希望を見ると、もう裕司を気にせず友だちとのお喋りに夢中になっている。

……やはり、五年前、四歳の頃のことは覚えていないのだろう。

それでも、と裕司は考える。希望に偶然会えたのだ。この機会を逃したくなかった。希望を抱きしめたい。父親と明かさないで小学四年生の女の子を抱きしめることはできないだろうか？

希望たちの順番が来た。二人はそれぞれスイーツを受け取ると、友だちは駅へ向かい、希望は住宅街の方へ走り出した。

希望の後を追う。

途中二人の男とすれ違ったが気に留めなかった。男たちが鋭い目で裕司を見送っていたことにも気がつかなかった。

希望はテアトル茜橋の前を通り過ぎた。この先は公園で、抜けた先に玲子の実家がある。

やはり実家にいるのか。

希望は公園のベンチでスイーツを食べ始めた。

裕司は低木の茂みに隠れて希望を窺《うかが》った。

希望は誰かを待っているのか、周囲を見回している。

裕司は見つかりそうになって、更に身を屈《かが》めた。

しばらくそのままの姿勢でいたが、希望が気になって、茂みから顔を出した。

目の前に希望がいた。

慌てて目を逸らしたが、言い訳のしようがない。不審者として通報されるかもしれない。急いで立ち去ろうとしたが、希望が立ちはだかった。

「おじさん、レオンだよね？」

予想外の言葉に驚いた。

「私、マチルダ」

レオン……マチルダ……聞き覚えがある。

「引き受けてくれるよね？　私の依頼」

「依頼？」

希望は裕司に近づき、小声で言った。

「だって、殺し屋でしょ？」

ああ、映画『レオン』のことだ。マチルダは彼と心を通わせる少女の名前。

そう言えば義父と『レオン』の話をしたんだった。映画館で観て、ＤＶＤも買って何度も観た。幼い希望を抱っこして観たこともある。

希望はその時のことを覚えているのか？　それとも物心ついてから観て好きになったのだろうか？

希望はじっと見ている。

本当に殺し屋と信じているのか、〝ごっこ〟をしているだけなのか判らなかった。

「殺しのテクニックを教えてほしいの」

「……物騒《ぶっそう》だな」

「お父さんの敵《かたき》を討ちたいの」

「敵⁉」

「お父さんは私が四歳の時に謎の組織に殺されたの」

「それは……お母さんから聞いたのか？」

「うん」

死んだことになっていると玲子は言っていたが、そんなドラマチックな設定にしているとは思わなかった。

「お父さんはどうして殺されたの？」

「組織の秘密を知ってしまったの」

「どんな秘密？」

「判ンないよ、秘密なんだから」

「そうか。組織の名前は判ってるの？」

「だから謎の組織」

内心苦笑したが、次の言葉に凍りついた。

「でも、お父さんを殺したヤツは判ってる。吉田裕司って言うの」

「――」

その時、「おい！」と、男の怒鳴り声がした。

見ると先程すれ違った男たちがこっちに向かってきている。

思い出した。闇金融業者だ。

慌てて逃げようとしたが、足が竦《すく》んで動かなかった。

「こっち！」

希望に手を引っ張られた。つんのめりそうになったが、体勢を立て直して一緒に走った。

ビルの間の細い道を抜け、空き地を横切り、車が入れない階段道を駆け上がる。

二人は神社の境内《けいだい》にある神輿《みこし》保管庫に隠れた。

「ここ、いつも鍵がかかってないの」

「シッ」

境内を走り回る男たちの足音が聞こえる。二人は息を殺す。

足音が消えた。

「私、レオンの命の恩人だよね？」

裕司はホッとして頷いた。

「じゃ、引き受けてくれるよね？　私の依頼」

「いいだろう。吉田裕司は自殺に見せかけて殺す。明日か明後日、新聞を確認してくれ」

……自殺すれば任務完了だ。

「違う。私を殺し屋に育ててほしいの」

「え？」

「この手でお父さんの敵を討つの」

希望は拳を握りしめた。

不意に保管庫の扉が開いた。

裕司はドキリとして顔を上げた。

逆光の中に立つ男二人は、闇金業者ではなく制服警官だった。

「ここで何してるんですか？」

口調は柔らかかったが、威圧的だった。言葉が出なかった。なんと説明すればいいのだろう。

「お嬢ちゃん、この男に変なことされてない？」

もう一人の警官が優しく希望に話しかけた。

この状況、いたずら目的で連れ込んだと思われてもしかたない。

「されてません。関係ないんだからほっといて下さい」

希望は怒って警官を押し出そうとした。

「殺すなんて物騒な言葉が聞こえたけど？　あんた、名前は？」

答えられない。

「免許証見せて」

「……ありません」

そう言うしかなかった。

「あんたが誰だか証明できるものは？」

持っていても見せられない。吉田裕司だと判ってしまう。希望にとっては父親を殺した男だ。

「いい加減にして下さい！　この人、私のお父さんなんです！」

……お父さん⁉

「お嬢ちゃんがそう信じ込まされてるだけかもしれない。だから確かめたいんだよ」

「似てるでしょ？　親子だもん」

希望は裕司に抱きついてみせた。

……希望の体温を感じる。

警官たちは首を傾《かし》げた。希望は母親似。裕司にはまったく似てない。

「署で話を聞かせてもらえるかな？」

警官が裕司の腕を摑《つか》もうとしたが、希望が割って入り、スマホ画面を突き出した。

警官はスマホ画面と裕司たちを見比べると、首を竦めて保管庫を出ていった。

……何が起きたんだ？

「ね、さっきの話、ＯＫしてくれるんでしょ？」

「無理だ。一日訓練したぐらいで殺し屋になれない」

「何年かかってもいいよ」

「私には時間がない。明後日には遠くに行かなければならない」

「仕事？」

……地獄の業火《ごうか》に焼かれる仕事。

「終わったら帰ってくるでしょ？　そしたらお願い。一週間、ううん、一ヶ月に一回でいいから」

「無理だ」

「お金は払います。でも、お父さんの敵討ちが終わって仕事するようになってから。それまでは一ヶ月二千円でお願いします」

「そういうことじゃない」

「私の一ヶ月のお小遣い、五百円なんだ。でも、頑張って二千円出す」

「千五百円はどこから調達するんだ？　お母さんの財布から勝手に盗ったらダメだぞ」

「判ってる。おじいちゃん、肩たたきすると一回二百円くれるの」

裕司は静かに首を振った。

「私のこともお父さんの敵討ちのことも忘れるんだ」

裕司はその場から去ろうとしたが、できなかった。もっと希望と話していたかった。

希望は祈るような目で裕司を見ている。

そうだ。この依頼を引き受ければ、月に一度は希望に会えるのだ。

「……判った。その依頼、引き受けるよ」

希望は目を輝かせた。

「約束ね！　来月の今日、ここで会いましょう！」

希望は裕司の手を取ると強引に指切りげんまんをした。

「ああ、来月の今日、会おう」

「それまで殺されちゃダメだよ。いいね？」

「ああ」

希望は満面の笑顔で保管庫を出ていった。

……来月の今日、また希望に会える。

〝希望〟という言葉を思い出した。生きてさえいれば、また希望に会えるのだ。

諦めない。借金を返し、人生をやり直すんだ。

裕司は立ち上がった。

希望はひたすら歩いていた。ドキドキが治まらなかった。

お父さんに会えたのだ。四歳の時に別れたお父さん。

最後にお父さんに会った日のことは、頰ずりされてチクチクしたことしか覚えてない。どんな顔をしてるのか、お母さんに聞いても教えてくれなかった。家にお父さんの写真は一枚もなかった。

「お父さんは死んだんだから」

お母さんは何度も何度も言った。

DVDで『レオン』を観たのは去年。自分よりちょっと上の可愛い女の子が出てるからと観始めたけど、ハードな内容にビックリした。最後までドキドキしっぱなしだった。

でも一番印象に残っているのは、マチルダと殺し屋のレオンとの平和なシーンだった。

マチルダがセクシーな衣装でマリリン・モンローのふりをしたり、ちょび髭を付けてチャップリンの仕草を真似したり。でも、レオンはテレビも映画も観ないから判らない。そんな二人が可愛かった。

レオンは濃くて短い髭だった。触ると痛そうだなと思った。その時気がついた。

お父さんの頬ずりが痛かったのは髭のせいだったんだ！

もうレオンがお父さんにしか見えなくなった。悪い麻薬捜査官を道連れに死ぬシーンには泣いてしまった。

昨日家に帰った時、電話をしていたお母さんは慌てて切った。いつになく挙動不審だった。希望はピンときた。

「今の電話、お父さんなのね？」

お母さんは言葉に詰まった。

「お父さんは生きてるのね！」

お母さんは頷き、お父さんと離婚した理由、死んだと言った理由を話してくれた。

納得できなかった。

「どうしてお母さんはお父さんと一緒に借金を返そうと頑張らなかったの？」

そう言うとお母さんはつらそうな顔をした。

判ってる。きっとおじいちゃんとおばあちゃんに逆らえなかったんだよね？

お母さんはずっとお父さんのことを好きでいるのかもしれない。おばあちゃんがしつこく再婚させようとしたけど、うんと言わなかった。

そうだ、お母さんはおじいちゃんに働かなくていいって言われてるのに調剤事務の資格を取って薬局で働いてる。きっとお父さんのために貯金をしてるんだ。

　間違いない。お母さんはスマホに一枚だけお父さんの、ううん、家族の写真を残している。ディズニーランドで撮った写真の中で、四歳の私をお父さんが肩車し、そのお父さんにお母さんが寄り添っている。

　警官に見せたのはその写真。お母さんに転送してもらった。

　スイーツ店の前でぶつかった時、まさかと思った。偶然すぎると思った。じっと見ちゃったけど、どうしていいか判らなくて友だちと会話を続けた。話しながらずっと意識してた。

　死んだことになっているお父さんは、自分から話しかけてこない気がした。だから希望から話そうと思った。なんて声をかければいいか判らなかったけど、お父さんの無精髭を見たら、自然に言葉が出た。

「おじさん、レオンだよね？」

　お父さんはなんだか影が薄かった。消えてしまいそうだった。だから月に一度会う約束をした。

　来月、お父さんに会ったら何をしようか。スイーツを一緒に食べたいし、遊園地にも行きたい。でも、それって殺し屋修業になるのかな？

　希望はいつの間にかテアトル茜橋の前にいた。ここでお父さんと一緒に『レオン』が観られたらいいのに……

「希望！」

買い物帰りのお母さんだった。

希望は駆け寄りながら考えた。

お父さんとの月一デートのことはしばらく内緒にしよう。そして、いつかお父さんとのデートにお母さんを連れていってびっくりさせるんだ。

「どうしたの、希望。何か楽しいことあった？」

「ううん。別に」

希望はお母さんに腕を絡ませた。

「変な子」

「今日のおかずはなあに？」

希望はお父さんとお母さんの驚く顔を想像して笑ってしまった。

ニュー・シネマ・パラダイス　郷愁

どれくらい時間が経ったのだろうか？

テアトル茜橋の前に立ち尽くしていた映美は、くしゃみを一つして我に返った。体がすっかり冷えてしまった。

映画館はなぜ朽ち果てたまま取り壊されずにあるのか。理由が知りたかった。

映美は看板に書かれていた管理会社を訪ねた。商店街の中、洋品店と魚屋に挟まれた個人経営の小さな不動産屋だった。

「ああ、テアトル茜橋ですね。もう三十年ぐらい経つかなあ。火事を出したんですよ。それで閉館して放置されてるんです」

映美と同年代の男が、すっかり後退した生え際を撫でながら話す。

「当時はバブルの真っ只中で、あの辺りは再開発計画があったんですよ。だから地上げ屋が放火した、なんて噂されてました」

男は映美の顔をチラチラ見ながら話を続けた。

「結局は小屋主、旦那さんは亡くなってたから奥さんだったんですけどね、彼女の火の不始末が原因だったんです」

「……火の不始末？　彼女が意図的に火をつけたんじゃないですか？」

「放火って意味ですか？」

「ええ」

「いやー、それはないと思いますよ」

男はハッとなり、目を輝かせて映美に顔を近づけてきた。

「もしかして、映美ちゃん？」

突然名前を呼ばれて映美は戸惑った。

「やっぱりそうだ！　映美ちゃんだ！」

今度は映美が男をしげしげと見た。思い出した。

「高野《たかの》くんだ」

「そうだよ！　鈍足の高野だよ」

高校の体育祭。徒競走でぶっちぎりの一等賞を宣言したものの、見事に最下位になり、その渾名《あだな》がついた。小太りの体型はその頃から変わってない。

「いやー、映美ちゃんも全然変わってないねー」

高野はテンション高く満面の笑みで映美の肩をポンポンと叩いた。

ああ、『舞踏会《ぶとうかい》の手帖《てちょう》』（監督：ジュリアン・デュヴィヴィエ）だ。

未亡人になった女性が、初めての舞踏会で踊った男たちを訪ね歩く。ヤクザになった男、神父になった男、荒《すさ》んだ生活を送っている医者。彼女は現実の厳しさを知っていく。

底抜けに明るい町長になった男が登場するが、高野は彼に似ていた。

「高校卒業して以来でしょ。映美ちゃん、関西の大学に行ったんだよね？　就職はどうしたの？」

高野は矢継ぎ早に質問してきた。

「大学卒業してアメリカに行ったの」

「それからずっと向こう？」

「ええ。あっちで仕事してる」

「結婚は？」

「……経験はあるわ」

「そうかー、僕は一度もないんだよね」

「全然意外じゃないよね」

いつの間にか高校の頃のように高野をからかっていた。

「そうだよなあ、俺ってそういう運命なのかなあ」

高野は真に受けてなのか、冗談なのか、自虐的《じぎゃくてき》に言った。

「まだまだチャンスはあるでしょ」

「結婚相談所に登録してるし婚活アプリでも頑張ってるんだけどね。しかし、映美ちゃんは結城《ゆうき》と結婚するとばかり思ってたよ」

懐かしい名前に甘酸っぱい感情が込み上げてきた。

結城勉《つとむ》。

初めてのキスの相手。

「まさか」

映美は郷愁を振り払おうとして言った。

「結城はアメリカ人と結婚した」

「え⁉」

「あいつとはずっと繋がってるんだ。昨日も連絡を取り合った」

意外だった。高野は更に驚かせてくれた。

「結城は貿易の会社をやってて、ロサンゼルスを拠点にしてる」

ニューヨークとロサンゼルス……距離は離れているが、同じアメリカにいたとは。

『舞踏会の手帖』も、未亡人の初恋の相手は湖の対岸に住んでいた。彼女がそれを知った時、男は既に亡くなっていた。

……私の初恋の相手は生きてる。

「それより、お母さんには会ったの？」

不意に現実に引き戻され、気分が暗くなった。やはり〝あの人〟は生きているのか。親子の縁を切っていても、亡くなれば親戚から連絡が入るはず。今年八十歳。生きているとは思っていたが。

「……会ってない」

「その様子だと、どこにいるかも知らないんじゃないの？」

映美は頷いた。

「隣町の老人ホームに入ってるよ」

高野は住所をメモしてくれた。

「会いなよ」

会わなければならない。そのために帰ってきた。でも、今日は会いたくない。

映美は高野と連絡先を交換し、都心のホテルに向かった。茜橋にはシティホテルがない。昔ながらの旅館が数軒あったが、郷愁に惑わされそうで泊まる気にならなかった。

映美はスイート・ルームに落ち着き、パソコンを開いた。

案の定、山のようにメールが来ていた。すべて仕事絡みだ。ニューヨークは深夜だったが、スタッフは連絡を待っている。メールで済むものはメールを返し、話す必要があるものはネットメッセンジャーを使って処理した。

映美は関西の大学を卒業してニューヨークに渡った。目的があったわけではない。母のいる茜橋に、東京に、日本に居たくなかった。

英語はある程度話せたが、ビジネス英語を使いこなせるように現地の語学学校に通った。

映画に関わらない人生を送りたくて旅行会社に就職した。いろんな部署を経験し、入社三年目で日本人観光客部門を任されるようになった。

ニューヨーク観光の目玉の一つはブロードウェイ。チケットの予約システムを開発するなどしてショウビズ業界に繋がりができた。そして必然的に映画業界とも繋がった。

……映画から離れられなかった。

やはり映画と関わり続ける運命なのだ。ならば、とこれまで以上に頑張り、映像制作のロケコーディネートも手掛けるようになった。

映美の仕事ぶりは日本でも評判になり、依頼が殺到。四十歳で独立、自分の会社を立ち上げた。

今までは観る立場だったが、映画館でエンドロールに流れる自分の名前を観る喜びを味わった。

映画の撮影はフィルムからデジタルに移行し、ネット配信でパソコンやスマホでも観られるようになったが、やはり映画は映画館で観たい。それもＩＭＡＸ、３Ｄ、４Ｄではない、素朴で温かみのある映画館で。

日本もアメリカ同様、映画館数は増えてはいるがシネコンがほとんどで、昔ながらの映画館は減っている。

自分の名前が映画に由来していること、実家が映画館を経営していたことをアメリカの友人に話すと、誰もがテアトル茜橋を再建するべきだと言った。

最初はまったくその気がなかったのだが――

テアトル茜橋のモデルになったエデン座は、南仏にある世界で一番古い映画館だ。一八九九年に映画の父として知られるリュミエール兄弟がシネマトグラフ（活動大写真）を上映、百年近く営業を続けていたが、経営者が殺されたり、映画産業が斜陽になったことなどから一九九五年に閉館した。

ところが二〇〇七年に地元自治体が再生プロジェクトをスタートさせ、二〇一三年にリニューアルオープンした。

映美はそのニュースを知り、心が動いた。テアトル茜橋に毎週のように観に来てくれた人たちの顔が次々に浮かんだ。満員の場内を映写室から見る父の嬉しそうな顔も。

映美はテアトル茜橋を再建する決意をし、資金作りに奔走《ほんそう》した。それから七年経ち、それなりの蓄《たくわ》えができた。

再建のためにはテアトル茜橋の現状を知らなければならない。母は土地の権利を手放してしまったのか、貸しているのか、別の建物が建っている場合はそこを買い取って新たに建てるのか、別の場所に再建するのか、判断しなければならない。

映美はそのために二十数年ぶりに日本に戻ってきたのだ。

しかし、テアトル茜橋が焼けた状態のまま建っていたことには驚いた。

母はなぜそのままにしておいたのか？　直接聞くしかないのだが……

映美は高野がくれた老人ホームの住所を見つめた。

母とは物心ついた頃から折り合いが悪かった。『キャリー』（監督：ブライアン・デ・パルマ）の母親のように、自分の価値観を押しつけられてきた。

そして小学五年のある日、いきなり殴られた。理由は判らなかった。それから毎日のように殴られた。父の目が届かないところで。映美はただただ怖くて父に訴えることもできず、母を避けた。

学校から帰るとテアトル茜橋に行き、終映までずっと父の傍にいた。その頃は連日満員で、父は一日中映画館にいた。食事は蕎麦屋の［梅庵］から出前を取るか、母に弁当を頼んでいた。

母は映美を殴るようになって弁当を作らなくなり、「映画館なんかやめちまえ！」と怒鳴るようになった。

そのたびに父は母を別室に連れていき、何時間も話したが、洩《も》れてくるのは父を罵倒《ばとう》する母の声だけだった。

父は映美と母に気を遣っていたが、その心労からか癌を患い、映美が高校二年の時に亡くなった。

母は泣かなかった。そして初七日も終わらぬうちにテアトル茜橋の閉館を決めた。

母はバブル景気で地上げを狙う不動産業者に売却しようとしたが、常連客だけでなく茜橋の街全体から反対の声が上がった。反対は映画ファンにも広がり、存続希望の署名は十万筆以上集まった。

母は渋々営業を続けたが、翌年――

映美は悲鳴を上げて目を覚ました。

……またテアトル茜橋が炎上する夢を見た。

あの日以来、何度も何度も見た。大学に進んでも、ニューヨークに移り住んでも繰り返し見た。

朽ちたテアトル茜橋を見たせいだろうか、夢はリアルさを増していた。

もう一度眠ろうとしたが、動悸《どうき》が治まらず目が冴えてしまった。

映美はホテルの一階のカフェに行った。

既に朝食の営業が始まっており、そこそこ混んでいた。

「コーヒー、ブラックで」

映美は爽やかな笑顔のウェイトレスに注文した。

……今日は母に会わなければならない。でないとテアトル茜橋の再建計画は進まない。

コーヒーが運ばれてきた。ナッツのような香ばしい香りが漂う。

その香りの向こうに、男が現れた。カフェに入ってきた男は笑みを浮かべ、映美の方へやってきた。

映美はテーブル横に立った見知らぬ男を怪訝《けげん》な顔で見上げた。

「映美ちゃん」

男の口から自分の名前が出て驚いたが、男の笑うと糸のように細くなる目に覚えがあった。

結城勉。

映美は息をするのを忘れた。

「思い出してくれたようだね」

「……どうして？」

やっと声が出た。

「高野がここに泊まってることを教えてくれた。きっと忙しいだろうから確実に摑まる朝を狙ったんだ。座っていいかな？」

映美は頷いた。

ホテルのカフェが一瞬にして高校の学食に変わった。

「結城くん、元気だった？」

映美は声が華やいでいることに気づかれないか心配した。

結城はウェイトレスが注文を取りに来ると「ごめん、すぐ出るから」と断った。

「これから隣のホテルで朝食ミーティングなんだ」

「……忙しいんだね」

「きっとキミほどじゃないよ」

結城は目を細めて言う。高校時代は気弱なイメージを増幅させる笑顔だったが、今はビジネスマンとしての自信を感じさせる。

「今夜、食事しよう。取引先と会食の予定だったがキャンセルする。いいね？」

頷く以外の選択肢があるだろうか？

第二話　ハチ公物語

僕は犬。名前はまだない。どこで生まれたかとんと見当がつかない。

人間のお父さんはニコニコしながら言った。後で知ったけど、これは夏目漱石《なつめそうせき》という昔の文豪が書いた小説『吾輩は猫である』の冒頭をもじったものだった。人間のお父さんは頭がいいのだ。

本当のお父さんのことは判らない。僕の初めての記憶は冷たい床の感触。生まれたてでまだ目も開かない僕は震えていた。寒かったからか、何かが怖くてだったのかは覚えていない。

隣の檻《おり》にはずっと鳴いている犬がいた。遠くで吠えている犬もいる。でも、いつの間にか聞こえなくなった。みんながどこに行ったのかは判らなかった。

僕にご飯をくれる人は優しい。時々首輪を付けて檻の外に連れ出してくれる。

「運動不足だろ？　さあ、走ろう！」

僕は広場を走り回った。空を見上げると、煙突から吐き出された白い煙が漂っていた。

ある日ご飯をくれる人に抱っこされた。連れていかれたところにはたくさんの人がいた。

僕はジロジロ見られたり、こわごわ触られたり、荒っぽく抱き上げられたりした。

他のみんなも一緒だったけど、元の檻に戻ったのは僕だけだった。

何日か経ってまた同じことがあった。

その時も檻に戻されたのは僕だけだった。

いつもご飯をくれる人が、偉そうな人に泣きそうな顔で話した。

「あと五日しかありません。もう一度ジョウトカイをやらせて下さい」

ジョウトカイってなんだろう。

「何度やってもダメじゃないか？」

ああ、あのみんなに触られる会のことか。

「なんとかサッショブンから救ってあげたいんです。お願いします」

サッショブンってなんだろう……僕は眠くて眠くて最後まで話を聞けなかった。

ふわりと体が浮いた。夢を見ているのかと思ったら、知らない人に優しく抱き上げられていた。

その人は僕の体の何倍も大きな顔を近づけて、しげしげと僕を眺めた。

「ブサイクだなあ」

「それで保護犬のジョウトカイでも貰い手が見つからなかったんです」

「秋田犬？　それとも柴犬？」

「雑種です」

「お前、ブサイクだけど可愛いぞ」

その人は笑いながら僕をコートの内側に入れてくれた。

「今日から私がお父さんだ」

お父さんは歩きながら言った。

「名前をつけなきゃな……そうだな、ロクはどうだ？」

名前ってなんだか判らなかったけど、僕はワンと吠えた。

「気に入ったか。いい子だ」

お父さんは僕の頭を撫でながら歩いた。揺れが心地よくて、僕はいつの間にか寝てしまった。

目が覚めるとふかふかの絨毯《じゅうたん》の上にいた。暖かくて気持ちよくて、僕はまた眠った。

お父さんともうひとり誰かの話し声で僕は目を覚ました。

お父さんが話しているのは女の人で、とても怒っていた。

「あなた、自分の歳を考えて下さい。最近の犬は長生きなんです。認知症になったり寝たきりになったりもするんですよ。私たちだって歳を取るんです。今に抱えることもできなくなりますよ。私たちが先に死ぬかもしれないんです。そしたらどうなるんですか、この子は」

「大丈夫だ、この子を看取《みと》るまで私は死なないよ」

「無責任なことを言わないで下さい」

女の人はお父さんを責め続けた。お父さんはムッとなって言い返した。

「私が引き取らなければロクはサッショブンされてたんだぞ」

女の人は黙ってしまった。

サッショブン……聞くのは二回目だ。意味が気になる。


僕がおしっこをするとお父さんは大慌て。それが面白くて僕は家中を駆け回ってあちこちにおしっこをした。

お父さんは笑いながら後始末をしてくれたけど、女の人は目を吊り上げて僕をケージに入れた。

女の人はお父さんの奥さんだった。つまり僕の人間のお母さんだ。

少し経つと僕はおしっこをしていい場所といけない場所があることを覚えた。

お母さんは僕のご飯を用意してくれる。でも、お父さんとお母さんは朝昼晩と三回食べるのに、僕はどうして朝晩の二回だけなんだろう。それに、お父さんたちは毎回形も匂いも違うものを食べるのに、僕はいつも同じ固形のご飯。ドッグフードって言うらしい。

「ロクに何か作ってやってよ」

お父さんが言うけど、お母さんは作ってくれない。

「ドッグフードは栄養のバランスが取れてるんです」

「だけど味気ないだろ？」

「犬と人間は違うんです」お母さんはきっぱり言った。

どこが違うんだろ。

僕はいつもお腹が空いていて、ガツガツ食べる。もっともっと食べたいとおねだりするけど、お母さんはくれない。

僕が淋しそうにしてると、お父さんが「ちょっとおいで」と手招きする。

僕が行くと、お父さんは「ロク、お手」と言って手を差し出す。

最初は意味が判らなかったけど、お父さんの手に前足を乗せると、頭を撫でてパンの端っこをくれる。

お父さんは髪の毛も髭も真っ白だ。定年で仕事をやめ、いつも家にいて僕の相手をしてくれる。

映画が大好きで、僕を膝の上に乗せて一日中観ている。観ながら、映画のことや人間社会のいろんなことを話してくれた。僕は一生懸命聞くけど、お父さんに撫でられると気持ちよくてすぐに眠ってしまう。

でも、いろんな言葉を覚えた。「お手」の他に、「おすわり」「待て」「ご飯だよ」「散歩に行こう」「寝なさい」。

もっともっと覚えてお父さんと話がしたい。

お父さんと僕の一日は散歩から始まる。

僕は目が覚めるとリードを咥《くわ》えて玄関へ行き、ドアをカリカリとひっかいて催促する。

お父さんはのんびりとあくびをして、パジャマから洋服に着替えたり、顔を洗ったり、歯を磨いたり。僕は待ちきれなくて吠えるけど、お父さんはマイペースだ。

お父さんが玄関のドアを開けると、僕は勇んで飛び出す。家のすぐ横の土手を一気に駆け上がる。

お父さんはリードを離すまいと息を切らしてついてくる。

土手の上は見晴らしがいい。茜橋の街を見下ろせるし、反対側を見れば東京スカイツリーという背の高い塔が見え、その先には富士山がある。日本で一番高い山だそうだけど、とっても小さく見える。

荒川を行き交う船を見ながらしばらく歩くと、公園が見えてくる。

「今は葉っぱを落として寒そうだけど、もうすぐ春になる。ピンクの花がたくさん咲くぞ」

僕は生まれて四ヶ月ぐらいらしい。まだ春を知らない。

「桜というんだ。綺麗だぞ」

僕は食べられないものには興味がないけど、お父さんが楽しみにしてるなら見てみたい。

公園では人間と散歩している仲間に会う。いきなり喧嘩を売られることもあるけど、たいていは仲良く情報交換する。

尻尾の長さが僕の身長？　と同じくらいの大きな仲間もいれば、僕より小さくてぺちゃ鼻でちょこまか歩く子も、耳が遠くて鼻もきかないおじいちゃん犬もいる。おじいちゃん犬はちょっと心配。いつもヨタヨタ歩いていて、飼い主のおばさんに大きな声で叱りつけられている。

公園を抜けると神社だ。公園は明るいけれど、ここは薄暗く、空気がひんやりとしている。大きな木がたくさんあって、葉っぱで太陽の光が遮《さえぎ》られてるからだ。落ち着いた雰囲気でお父さんが好きな場所だ。

お父さんは「森林浴だ」なんて言って一休みし、宮司さんと会うと情報交換する。でも、僕たちみたいにお尻の匂いを嗅いだりしない。

「大川《おおかわ》さんちの息子、東大に合格したらしいね」

「来月境内でフリーマーケットをやろうと思ってるんです」

なんて。

宮司さんはいつもおやつをくれるいい人だ。

夕方の散歩は朝と逆コース。宮司さんに挨拶して、公園を走り抜け、土手に上がる。家を通り越した先で茜橋の街に降りると、商店街だ。

お父さんはお母さんに渡されたメモを見ながらいろんな店で買い物をする。馴染みの八百屋では僕のためにメモにない果物を買ってくれる。

商店街を抜けると、不思議な建物がある。

お父さんは必ず立ち止まり、しみじみと建物を眺める。

「ここは映画館なんだ。火事で燃えたけど、取り壊されずに放置されてるんだ」

テアトル茜橋という名前で、お父さんは子供の頃から毎週のように通っていたそうだ。

「せっかく建物が残ってるんだから、修復してまた映画をやって欲しいな」

お父さんは、ＤＶＤじゃなく、映画館で映画を観たいんだ。

お父さんがテアトル茜橋で最後に観たのは『ハチ公物語』だった。

僕は何度もお父さんの膝の上で観た。

秋田犬のハチは、飼い主の大学教授を毎日渋谷駅まで送り迎えしていたけれど、教授は突然亡くなってしまう。それでもハチは駅で教授の帰りを待ち続ける。

お父さんは観終わるといつも涙を流している。

「ロクもお父さんの帰りを待ち続けてくれるか？」

「ワン！」

お父さんを喜ばせたくてそう答えたけど、ハチって頭が悪いと思う。教授が死んだことを理解できないなんて。

お父さんは動物が出てくる映画が大好きだ。タロ、ジロの『南極物語』、古いアニメの『１０１匹わんちゃん大行進』、『わんわん物語』。牧羊犬になりたくて頑張る子豚の『ベイブ』も大笑いしながら観ている。

でも、お父さんが一番好きなのは『ハチ公物語』。アメリカでリメイクされた『ＨＡＣＨＩ　約束の犬』もよく観ている。

「ブサイクだなあ」

また言われた。

言ったのはお父さんの息子。別の街に住んでるけど、奥さんと二人で遊びに来たのだ。

「でも可愛いだろ?」

お父さんは僕を庇《かば》ってくれる。

「もっと可愛い子がいたでしょ。なんでこんなブサイクなのにしたの?」

「ロクはサツショブンされるところだったんだ」

また、サツショブンという言葉が出てきた。

「理不尽だろ? 人間の気まぐれで飼われて、身勝手な理由で捨てられる。ロクの場合は予定外に子供を産んで面倒見きれないから、ってロクの両親と兄弟三匹と一緒に持ち込まれたそうだ」

「ヒドいな」

「みんな処分され、この子も翌日には処分されることが決まってたんだ」

息子さんは僕を撫でて言った。

「よかったな、ロク」

僕はサツショブンの意味を知ってしまった。

僕の本当のお父さんもお母さんも、一緒に生まれた兄弟もみんな殺されたんだ。檻からいなくなった犬たちもみんな……人間たちに！

あっ！　僕は大変なことに気づいてしまった。

お父さんも息子さんも人間だ！

きっと僕も殺される。

僕はケージに逃げ込んだ。

「どうした？　ロク」

心配したお父さんがやってきた。

僕は歯を剝き出しにして唸《うな》った。

お父さんはギョッとなって後ずさりした。

「お父さん、やっぱり犬は苦手なんだろ？　僕が小学生の頃飼いたいって言ったけど、許してくれなかった」

「……ああ」

「だったらどうしてロクを飼ったの？」

「罪滅ぼしだよ」

「どういうこと？」

奥さんと息子さんに聞かれ、お父さんは話し始めた。

「私が父に、お前のおじいちゃんに犬を飼いたいと言ったのは小学三年生の時だった。なかなか許してくれなかった。ちゃんと世話するからって何度も何度も頼んだ。するとある日おじいちゃんが子犬を抱いて帰ってきたんだ。ペットショップで買ったのか、誰かから譲り受けたのか、保護犬かは知らない。私は一生懸命世話をした。ところが……」

お父さんはその時のことを思い出したのだろう、声を詰まらせた。

「人間に慣れてない子でね、不用意に触ろうとして噛まれたんだ。たいした傷じゃなかったけど、怖くなって近寄らなくなった。その子の世話はおばあちゃんに任せてしまった。

ある日、犬は首輪が外れていなくなった。みんなで必死に探したけど、見つからなかった。警察から連絡があったのは一週間経ってからだった。川の向こうで交通事故に遭った犬がいる、確認してくれないか、って。……その子だった」

お父さんは泣いていた。

「もう、犬を飼うことは許されなかったし、私も飼おうとは思わなかった。でも、罪滅ぼししたいとずっと思っていた。仕事をリタイアして、やっとそれができると思った。そんな時にロクに会ったんだ」

お父さんは僕を見た。

「ロクは私が死なせた犬にそっくりだった。日本犬の雑種で、ブサイクなところも」

「……そうだったの」

「だから、同じ名前をつけたんだ」

『僕のワンダフル・ライフ』という映画は、飼い主に巡り合うために何度も生まれ変わる犬が主人公だ。お父さんは観ると必ず泣いてしまう。その理由がやっと判った。お父さんは僕がロクの生まれ変わりだと信じてるんだ。

本当にそうなのか、僕には判らない。でも、そうだったらいいな。

僕はお父さんにさっき唸ったことを謝ろうと「伏せ」をして尻尾を振った。お父さんは涙を拭うと笑って僕の頭を撫でてくれた。


なんだか口の中がむず痒《がゆ》くてお父さんの指を嚙み嚙みしていたら、歯がポロリと落ちた。痛くはなかったけど、びっくりした。

僕の歯は次々に抜けてひと月も経たないうちに全部生え変わった。お父さんは指を嚙ませてくれなくなった。

「ロクは大人になったんだ。力も強くなったから嚙まれると痛いんだぞ」

「ワン」

お父さんの指を噛めないのは淋しいけど、大人になったから我慢しなきゃいけないんだ。

僕はむやみに噛んだり吠えたりしない。でも、その日は我慢できなかった。

朝、公園を散歩していた時のこと。お父さんは桜の枝を見て、笑顔になった。

「おお、蕾《つぼみ》が膨らんでるな。これだと一週間ぐらいで咲くなあ。公園がどんどん華やかになるぞ。満開になり、花吹雪が舞い、緑の新芽が出てくるんだ」

僕はその時の様子を想像して目を細めた。

不意に怒鳴り声がした。見ると、あのおじいちゃん犬が飼い主のおばさんに怒鳴られていた。

おじいちゃん犬は耳が遠くて怒鳴られてることが判らない。おばさんはそれにムカついたようで、手に持っていた杖でおじいちゃん犬を殴った。

僕は唸った。

お父さんも厳しい表情になり、おばさんに声をかけた。

「犬は殴っても言うことを聞きませんよ。それに歳を取ってるじゃないですか。労《いたわ》ってあげてはどうですか?」

お父さんは穏やかに、でも強い口調で言った。

おばさんはお父さんを無視して、またおじいちゃん犬を殴った。

おじいちゃん犬が悲鳴を上げた。

「やめなさい！」

お父さんがおばさんの手を摑もうとした。

僕はお父さんより早くおばさんの手首に嚙みついた。

「痛タタタ！」

おばさんは僕を振り払おうとした。

離すもんか。

おばさんは僕を地面に叩きつけた。痛かった。でも、僕はおばさんに食らいついていた。

「ロク、やめなさい！」

離したくなかったけど、お父さんに言われたらやめるしかない。

おばさんは今度は僕を殴ろうとしたけど、お父さんが立ちはだかって守ってくれた。

すると、おばさんは僕が嚙んだ手首を押さえて騒ぎ始めた。

「人殺し！　誰か！」

公園を散歩していた人やゲートボールをしていた人たちが集まってきた。

「この人が犬をけしかけたんです！」

嘘だ。

お父さんは何も言わなかった。

おばさんが携帯で一一〇番した。しばらくするとおまわりさんが二人やってきた。散歩コースにある交番にいて、僕を見かけると頭を撫でてくれる人たちだ。

「本当にロクちゃんが嚙んだんですか?」

おまわりさんは信じられないという顔でおばさんに聞いた。

「血が出てるじゃない! 狂犬病になっちゃう! 私、死んじゃう!」

おばさんはますます昂奮《こうふん》した。

僕も昂奮が収まらず、おばさんに向かって吠え続けた。

「ほら! 牙を剝き出しにして吠えて! 救急車! 救急車呼んで!」

おまわりさんたちはおばさんをなだめながら連れていった。僕はお父さんと一緒に家に帰った。

いつもはリビングで寛《くつろ》ぐのだけど、今日はケージに入れられた。

「ごめんな、しばらくおとなしくしておいてくれ。話し合ってくるから」

お父さんはお母さんに事情を話すと出かけていった。

お母さんは困った顔をして僕を見た。

……だから飼うのに反対したのよ。

そんなふうに思ってるように見えた。

僕はようやく昂奮が収まり、気がつくと眠っていた。

どれくらい時間が経ったのだろう。お父さんの声で目が覚めた。

お父さんはリビングでお母さんと話していた。

「だって、そのおばさんが悪いんでしょ？　犬を虐待して」

「ああ。だが、ロクが怪我をさせたのは事実だからな」

「それで、どうしろっていうの？」

「治療費と慰謝料、合わせて百万円払ったら許してやる、って」

「バカバカしい！」

「お金が払えないならロクを始末しろって」

「始末⁉」

「ああ、殺処分しろというんだ」

殺処分……

お父さんとお母さんは話し合いを続けていたけれど、僕には聞こえなくなってしまった。

最後に聞こえたのは、「しかたないわね」というお母さんの声だった。

僕はケージの中で毛布にくるまって震えた。

足音が近づいてきた。怖くてたまらなかった。お父さんが夕飯を持ってきてくれたのだけど、僕は唸った。

お父さんがケージを開けた。僕は引っ張り出されないようにケージの隅っこにへばりついた。お父さんは悲しそうに首を振り、夕飯を置いてリビングに戻っていった。

お父さんは「大丈夫、ロクは最後まで守るよ」とは言ってくれなかった。お母さんの「しかたないわね」は僕を殺してもしかたないという意味なんだ。

食いしん坊の僕だけど、一口も食べられなかった。ただただ怖かった。

震えながら考えた。もし殺されたら本当のお父さんやお母さん、兄弟と会えるのだろうか。もしそうなら……いや、やっぱり怖い。

しばらく経ってお父さんがやってきた。

夕飯がそのまま残っているのを見ると、「どうした？　具合でも悪いのか？」と声をかけてくれた。

お父さんは僕が人間の会話を理解できることを知らなかった。

僕は応《こた》えないでじっとしていた。

その時、玄関のドアが開いた。

お父さんの息子さんだった。

「なんだか大変なことになったんだって？」

息子さんは中から出てきたお父さんに言った。

ドアから外の景色が見えている。

「おう、ロク、食事中か？」

息子さんは僕の頭を撫でようと手を伸ばした。

僕はケージを飛び出し、息子さんの手をかい潜って外に出した。

「ロク！」

お父さんが叫んだけど、僕は一目散に土手を駆け上がった。

お父さんと息子さんが追いかけてきた。お父さんは土手の手前で息切れしたけど、息子さんはビックリするほど足が速くて追いつかれそうになった。

もう二度と戻って来れないとお父さんの家を見ていた僕は、慌てて走り出した。

走ることと嗅覚では人間に負けない。僕はひたすら走った。

「ロク！　ロク！」

息子さんの声はどんどん小さくなり、聞こえなくなった。

それでも僕は走る。真っ暗な土手の道を。お父さんは足元が不安なので夜に散歩に行くことはなかった。夜の道を走るのは初めてだった。

ライトアップされたスカイツリーが目に入ったけど、綺麗だと思う余裕はなかった。

自分の息遣いと足音しか聞こえない。ひたすら走り続けた。

僕はどこに向かっているのだろう？　自分でも判らなかった。いつの間にか散歩コースの公園に降りる場所は通り過ぎてしまったみたいだ。

今は首輪もリードもない。僕は自由なんだ！　土手を駆け下り、真っ暗な河川敷を走り回った。

突然、雨が降り出した。

冷たい雨はあっという間に土砂降りになり、電車が通る橋の下に避難した。

僕は和犬の雑種だから寒さには強い。雨さえしのげれば凍え死ぬことはない。でも、お腹が空いた。お父さんが用意してくれた夕飯を食べればよかった。

僕は空腹を誤魔化すために眠ろうとした。そういえばお父さんと一緒に暮らすようになって初めてひとりぼっちで寝る。家にいる時もひとりで寝るけど、お父さんの気配をずっと感じるし、夜中にトイレに起きた時はそっと僕の様子を見に来てくれる。僕が起き出すとお父さんが困った顔をするから、目が覚めていても眠ったふりをしていた。あの時は温かい毛布にくるまっていた。今は冷たい石の上だ。

気がついたら朝になった。

雨は上がっていた。

どこに行けばいいんだろう。判らない。だからずっと橋の下にいた。

お腹が鳴った。僕は河川敷に生えてる草を食べた。

「こら、道草食うんじゃない」

散歩の途中で草を食べるとお父さんに叱られた。でも……もう、お父さんに叱られることはないんだ。

河川敷は草野球場やジョギングコースがあり、朝から夕方までたくさんの人が行き来している。僕は見つかりたくなくて草むらに隠れた。出ていって尻尾を振ったら食べ物をくれるかもしれない。暖かいところに連れてってくれるかもしれない。

でも、おまわりさんに通報されたら殺処分されてしまう。

三日目。子供たちに見つかって追いかけられた。

きっと通報された。もうここにはいられない。僕は土手の道を歩いた。お腹が空いてフラフラする。

不意に、お父さんの匂いがした。

僕は知らず識らずのうちにいつもの散歩コースに戻っていた。

ダメだ、見つかっちゃう。

来た道を戻ろうとしたその時――

「ロク！」

お父さんの声がした。

「ロク！」

お母さんの声だ。

「ロク、どこにいるんだ！」

「ロク！　出てきて！」

お父さんとお母さんが僕を探してくれてる！

僕は嬉しくて飛び出しそうになった。

でも、思いとどまった。僕を殺処分するために探してるのかもしれない。

お母さんは「しかたないわね」と言ったんだ。

僕はお父さんたちに見つからないように「伏せ」をした。

お父さんは公園に、お母さんは商店街の方へ向かった。

僕は見つからないようにお父さんの後をつけた。お父さんの本当の気持ちを知りたかった。

お父さんは公園を抜け、神社へ向かった。膨らみかけた桜の蕾には目もくれずに。

お父さんは境内を掃除していた宮司さんに聞いた。

「ロクを見かけませんでしたか？」

「ええ。私のほうでも手分けして探してるんですが……」

「そうですか……」

お父さんはいつもの元気がない。ほんの数日見なかっただけなのに、随分と歳を取ったように見える。

……僕のせいだ。僕はどうすればいいんだ。

僕は軒下に潜り込み、お父さんと宮司さんの話を聞いた。

「すべて解決したから怖がることないのに」

「すべて解決？」

「あの朝、少年野球の付き添いで来ていた保護者が録画してたんです。自分の子供を撮ろうとカメラを構えた時におばさんの怒鳴り声が聞こえてカメラを向けたそうなんです」

「じゃあ、一部始終を撮ってたんですか？」

「そうなんです。動画を確認した警察の方が『やっぱりロクちゃんは悪くなかったんですね』って」

「じゃあ、ロクちゃんはお咎《とが》めなし？」

「ええ。問題になったのはおばさんの虐待のほうです」

「でしょうね」

「でも、おばさんは開き直ったんですよ、『自分の犬をどう扱おうと私の勝手でしょ！』って」

「それはヒドい」

「まあ、最終的には犬の所有権を放棄しました」

「所有権、ですか」

「犬や猫は法律上は『物』ですからね。器物破損罪で罰せられますよ、ってきつくお灸を据えられると、あっさり」

「薄情なものですね」

「おじいちゃん犬には穏やかな余生を送ってもらいたいです。今引き取ってくれる人を探しています」

よかった。僕は自分のことのように嬉しかった。

「ロクちゃんはどこに行ったんですかね」

宮司さんの言葉に、お父さんは「探さなきゃ」と立ち上がった。

もう我慢できなかった。

「ワン！」

僕は大きな声で吠えた。

「ロク⁉」

お父さんは境内を見回した。

僕はここだよ！

軒下から這い出し、お父さんに飛びついた。

お父さんは爆発しそうな笑顔で僕を抱きとめてくれた。

僕は千切れそうなほど尻尾を振ってお父さんの顔を舐め回した。汗と涙と笑顔の味がした。

お父さんはたくさん撫でてくれた。そして初めて会った時と同じように僕をコートの内側に入れて家まで連れて帰ってくれた。

お母さんが「しかたないわね」と言ったのは、僕が殺処分になってもしかたないという意味ではなく、理不尽な要求をするおばさんと裁判になってもしかたない、徹底的に戦いましょう、ということだった。

僕はお母さんの顔も舐めまくった。


その日開花した桜は一週間後には咲き誇り、お父さんの言った通り公園の空をピンクに染めた。

「ロク、綺麗だろ？」

お父さんは僕を抱き上げて桜の匂いを嗅がせようとする。

お父さん、ごめん。僕は食べられないものには興味がないんだ。
でも、お父さんは目を細めて桜を見ている。
僕はお父さんの楽しそうな顔を見るのが大好きだ。

第三話　マディソン郡の橋

梅雨が明けた。

その日は夏休みの計画に思いを巡らせ、授業はまったく耳に入ってこなかった。

湘南の海の家でバイトをする。住んでいる茜橋からは遠いので友だちの家に泊めてもらうことになっている。

富士山に登ってご来光を拝む。山登りなんて何が面白いんだと思っていたけど、友だちに山頂で撮った動画を見せてもらって気が変わった。雲海の向こうから昇る太陽をどうしても見たい。でも、登山道は満員電車並みに混んでるらしい。

お盆休みに母と妹の真由《まゆ》と一緒に旅行する。どこがいいかな？　今年の夏は酷暑だそうだから北海道？　逆に沖縄で暑さにヒイヒイいうのもありかも！　ハワイやカナダにも行ってみたい。でも、資金的に無理だ。

突然、教室の扉が開いて僕の妄想は中断された。

朗々と漢詩を読み上げていた岡村《おかむら》先生は、あからさまに不機嫌になって侵入者を見た。副担任の椎名《しいな》先生だった。

椎名先生は岡村先生には目もくれず、僕に言った。

「佐竹《さたけ》、すぐ帰る用意をしろ。いや、そのまま来い！」

椎名先生の張り詰めた声に、汗ばんだ腕に鳥肌が立った。

「お母さんが交通事故に遭って病院に運ばれた。それ以上のことは判らん」

一瞬にして喉がカラカラになった。唾を飲み込もうとしたけど、ダメだった。

椎名先生は廊下をズンズン行く。僕は必死に追いかけたが、廊下が歪《ゆが》んで見えてうまく歩けなかった。

なんとか校門に辿り着くと、タイミングよくタクシーが来た。椎名先生が呼んでくれていたのだけど、その時はドラマみたいだと思いながらタクシーに乗り込んだ。

「大丈夫、きっと大丈夫」

椎名先生はタクシーの中でそう言いながらずっと僕の背中を撫でてくれた。

おかげで茜橋病院に着く頃には唾が飲み込めるようになり、目眩《めまい》も治まった。

真由は集中治療室前の廊下にいた。僕に気づくと、

「お兄ちゃん！」

と、抱きついてきた。

「大丈夫、大丈夫」

僕は椎名先生の言葉を呪文のように繰り返した。

集中治療室に入ると、たくさんのチューブやコードに繋がれた母がいた。想像していた以上に痛々しい姿に涙が溢れた。

それでも、心臓モニターに表示されている波形と心拍数が、母が生きていることを証明してくれている。

母は命には別状ないということだったが、問題は頭を打っていることだった。脳内出血はないものの昏睡《こんすい》状態で、いつ意識が戻るか判らないという。僕たちは祈るしかなかった。

集中治療室を出ると、馬場《ばば》さんがいた。八百屋のおばさんで、母と仲がいい。

馬場さんが母の事故を目撃して救急車を呼んでくれたのだった。

「交差点で佐竹さんを見かけたのよ。信号が変わる前に道を渡り出したから、危ない！　って声をかけたけど、右折してきた車に跳ね飛ばされたの」

信じられなかった。何事にも慎重すぎるほど慎重な母が信号を無視するなんて。

「佐竹さん、どこか上《うわ》の空だったのよね。早く向こう側に行きたそうだった」

母はそんなに急いでどこに行こうとしてたんだろう。

僕と真由は家に帰って連絡を待つように言われたけど、集中治療室の前で母が意識を取り戻すのを待った。

母のことを思う。

母は僕が六歳、真由が四歳の時にあいつと離婚した。離婚の理由を聞いても「ごめんね」と言うばかりで教えてくれなかった。

でも、僕は覚えている。あいつは最低だった。酔うと母や僕に暴力を振るった。僕の額には一センチほどの窪みがある。あいつに突き飛ばされ、柱にぶつかってできた傷だ。もう痛むことはないけれど、鏡を見るたびにあいつへの怒りが甦《よみがえ》る。あいつの醜悪《しゅうあく》な顔は一生忘れない。

僕の怪我がきっかけで母は我慢するのをやめ、僕と真由を連れて逃げた。あいつは執拗《しつよう》に僕たちを探し出し、つきまとった。何度逃げても必ず見つけ出された。警察に相談しても親身になってくれず、母はなけなしの金をはたいて弁護士を頼み、一年近くかかってやっと離婚した。裁判所は接見禁止命令も出してくれた。

僕たちは茜橋の街で安心して暮らし始めた。十年前の出来事だ。

母はビルの清掃作業で稼いで僕と真由を育ててくれている。

母の楽しみは読書と映画だ。本も映画も高いからと図書館とレンタルを利用している。

茜橋には火事で焼けたのに取り壊されずに残っている映画館がある。

「再開してくれないかねぇ。映画は映画館で観たいねぇ」

映画館なんて都心に行けばいくらでもあるのに、母はテアトル茜橋で観たいと口癖のように言っている。

母は無欲で、人の悪口を言わない、人を妬《ねた》まない、僕たち兄妹の幸せだけを願ってくれている。もしこのまま死んだら、母の一生ってなんなのだろう。母は一体なんのために生まれてきたのだろう。

体を揺すられ、目を覚ました。いつの間にかソファで眠ってしまっていた。

目の前に真由の笑顔があった。

「お母さん、意識が戻った」

僕は跳ね起き、集中治療室に入った。

母が僕を見た。朦朧《もうろう》としているけど、目に力があった。母は僕たちに何か話そうとしている。

「なあに、お母さん」

真由は母の顔に耳を近づけたが、母の口からは息が洩《も》れるだけで言葉にならなかった。

翌日から僕と真由は学校を休んだ。やらなければならないことがたくさんある。

まず、母の職場に連絡した。事情を知った母の上司は、病院に飛んできてくれて力になると約束してくれた。僕たちには難しい入院や保険の手続きも代わりにやってくれた。

入院に必要な寝間着や下着の用意は真由に任せた。僕は携帯の充電器や手紙を書くのが好きな母のために筆記用具と便箋《びんせん》、封筒や切手などをバッグに詰めた。

「お母さんの読みかけの本は？」

真由に言われて探したけれど、図書館から借りた本は見当たらなかった。

ノートパソコンやタブレットがあれば病室でも映画が観られるけれど、うちにはどちらもない。

「ね、これってお母さんの？　図書館から借りたものじゃないよね？」

と、真由が紙袋を持ってきた。中には一冊の本とＤＶＤが一枚入っていた。

「タンスの中にあったの」

本もＤＶＤも同じタイトルだった。

『マディソン郡の橋』

映画はクリント・イーストウッドの監督・主演。彼のアクションは好きだけど、これは恋愛映画、それも中年の男女の話だと知って僕は観なかった。

「これ、レンタルじゃないよ」

確かにレンタルショップのシールがなかった。母はわざわざ買ったんだ。

「それって、何回も読み返したり観直したりしたくて、だよね？」

きっとそうだ。僕たちは母がそこまで気に入った理由を知りたくてＤＶＤを観た。

アメリカの田舎に住む平凡な主婦が、夫と子供たちが旅行中に近所の〝屋根付きの橋〟を撮影に来たカメラマンと恋に落ちる。そんな内容だった。

主婦は家庭を捨ててカメラマンについて行こうするが、最後に思い留まる。それから二十数年経ち、彼女は亡くなる。彼女の遺書に書かれていたのは……

観終わると真由がニヤニヤしながら言った。

「お母さん、恋愛してるね」

「え⁉」

「だって、この映画、『ローマの休日』みたいな夢物語じゃない。お母さんと同年代の主婦が主人公だよ」

「だからって、まさか」

「お母さんだって女。素敵な恋に憧れるよ」

真由は中学生のクセにマセた口を聞き、僕を戸惑わせる。

「素敵な恋、って……」

母は化粧らしい化粧をしない。仕事中は防塵頭巾《ぼうじんずきん》にメガネ、マスクだからする必要がないそうだ。

「でも最近新しい化粧品買ってるし」

本人に聞きたかったが、まだ会話は無理だ。

「お兄ちゃん、お母さんとお父さんは恋愛結婚なんでしょ？」

「お父さんなんて呼ぶな！　お母さんがあんなヤツと恋愛するはずがない！」

「じゃ、なんで結婚したの？」

「む、無理矢理させられたんだ」

「どういうこと？」

説明できなかった。僕の想像に過ぎなかったから。

あいつが母と僕に暴力を振るったことは間違いない。でも、真由には手を出さなかった。だから、あいつの酷《ひど》さを判っていない。真由は父親に幻想を抱いてるんだ。

言葉に詰まっていると、真由はニヤニヤと僕の顔を覗き込んだ。

「お兄ちゃん、そういうの何ていうか知ってる？　マ、ザ、コ、ン」

真由の小馬鹿にした顔に思わず手が出そうになったけど、なんとか押し止めた。暴力はダメだ。僕の中に流れるあいつの血がそうさせるんだ。

ああ、体中の血液を入れ替えたい！

二日後、母は集中治療室から一般病棟に移った。言葉も不自由なく喋れるようになった。

『マディソン郡の橋』の本を持っていくと、「あら」と声を上げ、気恥ずかしそうに受け取った。

「どうしてこの本は図書館で借りずに買ったの？」

真由は不躾《ぶしつけ》に聞いた。母は「だって面白いのよ」と言った。声が華やいでいた。

……やはり母は恋をしてるのか？

「売店で好きなもの買ってきていいわよ」

と、母は真由に財布を渡した。真由は「お兄ちゃんお願い。私、イチゴ味のアイスクリーム！」と、僕に財布を押しつけた。

真由は母とたくさん喋りたいんだ。僕は買い物役を引き受けて病室を出た。

下のコンビニでお金を払おうとして、財布に小さな紙片が入っていることに気づいた。

［待ってる］

書かれているのはそれだけだった。男が書いた文字に間違いなかった。

あ……僕は思い当たった。

母はこのメモを書いた人物に会うために急いでいたんじゃないのか？

「ほら！　やっぱりお母さん好きな人いるんじゃん！」

「……そうかな。仕事関係とか、何か受け取るだけなんじゃゃないか？」

僕は否定したかった。

「仕事関係だったらメモじゃなくて話せばいいことでしょ？　何か渡したいんだったらメモじゃなくてそのものを渡すでしょ」

確かに。

「でも、待ち合わせ場所が書かれてないのはどうしてだろう」

「書かなくても判るってことじゃない？　もう何度もそこで待ち合わせてるのよ、お母さんとその人」

心がざわついた。

「お母さんが恋してる人ってどんな人なんだろ」

「まだそうと決まったわけじゃない！」

翌日、母が撥ねられた場所に行ってみた。

商店が立ち並ぶ狭い通りの交差点。確かに見通しはよくない。

信号を渡り、まっすぐに進んでみる。しばらくすると丁字路《ていじろ》に行き当たった。

左は住宅街。右を見ると、緑あふれる茜橋公園だった。

待ち合わせには最適な場所。でも、暑い。

大量の蝉の鳴き声が暑さを強調し、噴水がそれを打ち消そうと水を噴き上げ、地面に叩きつけている。

公園にはベンチがいくつかあったけど、猛暑のせいか誰も利用していなかった。

あの日、［待ってる］人は待ちぼうけを食らった。母が事故に遭ったことは知らないのだろう。知っていたら病院に現れたはずだ。メモは母に直接渡していたんだろうか？　多分違う。だとしたら、どこでやり取りしていたのか？

僕は母から頼まれたカットスイカを買って病院に行った。

病室に入った途端、真由が屈託なく言った。

「お兄ちゃん、お母さん教えてくれないんだよ」

母は「だって……」と、口を尖らせたが、声が華やいでいた。

「なんの話？」

「［待ってる］のは誰かって聞いたの」

「真由……」

僕は呆《あき》れた。直接聞くなんて、大胆すぎる。

「真由、お母さんのこと応援するよ。再婚したかったらしてもいいよ」

［待ってる］のメモだけで再婚まで飛躍する真由に呆れたけど、母がどう答えるのか気になって、口を挟まなかった。

母は曖昧《あいまい》な笑みを浮かべるだけで答えなかった。

僕の家は2DKのボロアパート。もっと広いところに引っ越したいと思っていたけど、母がいない家は広すぎる。

食卓も淋しい。僕も真由も料理が作れない。かろうじてご飯は炊けるので（それでも何度か失敗した！）、おかずはスーパーの惣菜。これからいくらお金がかかるか判らないので、外食は控えてた。

一学期の終業式の朝、玄関に紙切れが落ちていた。

それはドアの隙間から差し入れられたもののようだった。

数字とアルファベットが書かれている。

3F—16—291—033—38—934

「お兄ちゃん、これ、［待ってる］人が書いたんじゃない？」

　確かに筆跡が似ている。

　この数字とアルファベットが表す場所で［待ってる］という意味だろうか？

「きっとそうだよ！」

「どこなんだ。探そう」

「そんな面倒臭いことしなくていいじゃん。お母さんに聞けば一発じゃない」

「ダメだ。こいつがどんな人間か判らない。調べなきゃ」

「それもお母さんに聞けば……」

「だいたい、なんでこんな暗号めいたメモを入れるんだよ。お母さんに会いたいならチャイムを鳴らせばいいじゃないか」

「そうだけど……」

「僕たちを避けてるとしか思えない。堂々と会えない理由があるんだよ」

「不倫とか？」

　不安に思っていたことを真由が口にし、僕は黙った。

「だとしたらお母さんに聞いても本当のことは言わないよね。調べよう」

「ああ」

　手がかりはこの数字とアルファベットだけ。

終業式が終わり、病院に行った。真由が母に直接聞くんじゃないかと心配したけど、真由はお気に入りの歌手の噂を面白おかしく話した。

僕は話題についていけなくて、病院の一階に降りた。

コンビニに行きかけた時、受付で話す男の声が聞こえてきた。

「佐竹美子《よしこ》が入院していると聞いたんですが……」

佐竹美子は母の名前だ。

聞き覚えがある声。まさか。僕は振り返った。

男の背中が見えた。少し猫背でガタイがいい。

やはりあいつだった。

視線に気づいたのか、あいつが僕を見た。

あいつは薄汚く笑うと近づいてきた。

「浩介《こうすけ》、久しぶりだな」

血が沸騰した。考えるより先に手が動いた。あいつの顔面めがけて殴りかかった。

あいつはひょいと避けると僕の腕を掴んでねじ上げた。

僕はもがいたが、振りほどけなかった。

「十年ぶりに会ったっていうのにご挨拶だな」

「ウルサイ！」

「母さんの具合はどうなんだ」

「お前なんかに教えるか！」

「落ち着け、浩介」

「離せ！」

僕は暴れた。ロビーにいた人たちの注意を引きつけたかった。

「人殺し！」

みんなが注目し出した。

「なんでもないです。これ、息子なんです。すみません、お騒がせして」

あいつは周囲に頭を下げながら言った。

それでも僕は騒いだ。二度と病院に来れなくしてやる！

あいつは諦めて僕の腕を離すと、舌打ちをして病院を出ていった。

警備員が駆けつけたのはその後だった。

僕の昂奮《こうふん》は収まらなかった。こんな状態じゃ病室に戻れない。あいつが現れたことを母に悟られたくなかった。

僕は受付の人にあいつが来ても絶対に母の病室を教えないように頼み、茜橋公園に行った。

［待ってる］人を探すためだ。どんな人物なのか判らない。でも、母が好意を持っていることは確かだ（恋人とは認めたくない！）。その人が母に寄り添ってくれれば、あいつは近づけない。

今日も酷暑で公園には人が少ない。僕は改めてメモを見た。

3F―16―291―033―38―934

最初の3Fは公園の区画割りだろうか？　噴水のあるエリアは1A、芝生広場は2Bというふうに記号が振られていると考えてみた。

でも、違った。公園の案内図を見ても記号は見当たらなかったし、売店のおばちゃんに聞いても首を捻るばかりだった。

僕は周囲を見渡して数字を探した。隣の駐車場の区画番号ぐらいしか見当たらない。

公園の隣には、ホールや図書館が入った文化施設がある。そうだ、母はここで社会人講座を受講していた。「小説の読み方を勉強してるの」と、母は恥かしそうに言っていた。その受講者ナンバーがこんなふうに桁《けた》の多い番号だった気がする。

社会人講座の事務局は四階にあった。僕は閉まりかけたエレベーターに飛び乗り

（4）の数字を押した。ところがエレベーターは下がり始めた。（B）のボタンが押されていたのだ。

地下には駐車場があり、家族連れが乗り込んできた。僕は再び（4）を押し、家族連れは（3）のボタンを押した。

エレベーターは上昇を始めた。

僕はボタンを見ていた。地下は（B）、一番上は（R）、途中階は数字だけが表示されている。でも本当はフロアの（F）が付くんだよな、と漠然と考えていた。

家族連れは三階で降りた。僕は（閉）ボタンを押しかけ、あっとなった。

三階フロアは図書館だった。僕は慌ててエレベーターを降りた。

メモの3Fはここに間違いない。［待ってる］人は、ここにいると知らせたのだ。

受付で入館手続きを済ませると、メモを見せた。受付の女性は親切に教えてくれた。

「3Fの次の数字は本棚の番号ですね。その下の数字は……」

「ありがとうございます！」

僕は最後まで聞かずに16番の本棚に急いだ。

そこに真由がいた。

「あ、お兄ちゃんも辿り着いたんだ」

「なんで⁉」

　思わず声が出た。

　真由はシィーと人差し指を口に当てた。

「私、小学生の時に図書委員やったことあるんだよね。３Ｆと次の数字は判らなかったけど、次の２９１にピンときたの。図書館って日本十進分類法で本を整理してるのね。２は歴史、２９はその中の地理、地誌、紀行。２９１は日本」

「そうなんだ」

　真由が急に大人に見えた。

「じゃあ、次の０３３―３８―９３４は？」

「０３３は更に細かい分類で……これのこと」

　真由は本棚から分厚い本を取り出した。

『日本地理大辞典』

「３８がわかんなかったんだけど、ほら、ここ」

　真由が手にした辞典の表紙に、〝38・愛媛県〟と書かれていた。

「だったら、最後の９３４はページ番号か！」

「きっとそうだよ」

　真由はそう言って９３４ページを開いた。

そこにはある町の情報が掲載されていた。

愛媛県喜多郡内子町
「きたぐんうちこまち、と読むのかな？」

「それより、これ……」

そのページには一枚の写真が挟まれていた。

色褪せたカラー写真。写っているのはセーラー服姿の女子高生だった。

「メモを書いた人が挟んだのかな？」

「きっとそうだよ。ね、この女子高生、お母さんじゃない？」

「まさか」

僕は改めて写真を見た。

「丸顔だし、鼻の形も似てる。お母さんの目尻の皺《しわ》を取ればこの顔になるんじゃない？」

「確かにそうだ」

「この写真を挟んだのはお母さん……じゃないよね？」

だとしたら「待ってる」人が挟んだことになる。

「その人、なんでお母さんの昔の写真を持ってるの？」

「……判らない」

写真を穴が空きそうなくらい見ていた真由が素《す》っ頓狂《とんきょう》な声を上げた。

「これって、マディソン郡の橋じゃない？」

改めて写真を見た。母の背後には、屋根付きの橋が写っていた。

「似てる。でも……違う。マディソン郡の橋と違って壁がない」

「マディソン郡の橋は茶色で四角くていかつい感じだったね」

写真の屋根付き橋は木の柱に素朴な三角屋根を乗せただけに見えた。それに、橋の入口には〝河内《かわのうち》の屋根付き橋〟と日本語で書かれていた。

『日本地理大辞典』によると、この橋の名前は田丸橋《たまるばし》。内子町にある五つの屋根付きの橋の一つで、杉皮葺《すぎかわぶ》きの切妻《きりづま》屋根という愛媛県独特の形状――とあった。

写真を本に挟んだのは［待ってる］人に間違いない。でも、写真を撮ったのは誰だろう。［待ってる］人なんだろうか？

「判んないけど、お母さんは撮影した人のことが好きだよね。いい笑顔してるもん。撮影した人もお母さんのことが好きだよ、きっと」

母は、高校時代に［待ってる］人と付き合っていたんだろうか？

「ラブラブ旅行の最中に撮ったのかな？」

僕が呟《つぶや》くと真由は即座に否定した。

「制服着て旅行に行かないでしょ」

「そうか」

「もしかしてここ、お母さんが生まれて育ったところじゃない？」

ああ、そうだ。思い出した。母が昔の話をすることは滅多になく、真由は知らないことだった。僕も随分前に聞いたのでうろ覚えだったけど、内子という町名に記憶があった。親戚縁者もいなくて母は僕が生まれてから一度も里帰りしていない。

「私、お母さんを応援したい。［待ってる］人と会わせてあげたい」

僕も同じ気持ちだった。もしこの人との恋愛が成就していたら、あいつと結婚して暴力を振るわれることはなかったし、離婚で苦労することも、女手ひとつで子育てに苦労することもなかった。

「でも、お父さんと結婚しなかったら私もお兄ちゃんも生まれてないんだよ」

真由が現実的なことを言った。それはともかく、母は回り道をしてようやく幸せに辿り着こうとしているんだ。

僕たちはそのページに母の入院する病院名と病室番号を書いたメモを挟んだ。

翌日から、僕たちは［待ってる］人が病院に現れるのを待ち続けた。

一体どんな人なんだろう。母と一緒に働いている人だろうか？　もしそうならこんなややこしい方法で連絡を取る必要はない。だとしたら、社会人講座で知り合った人？　図書館は同じ文化施設にあるから可能性は大いにある。

真由とそんな話をしていた時、病室の入口に人の気配がした。母が検査から戻ってきたのかと思って見ると——あいつが立っていた。

僕は病室を教えた受付を恨みながらあいつを追い返そうとした。

「帰れ!」

「浩介、落ち着け」

「ウルサイ!」

僕はあいつの胸倉を摑んだ。

「これ……お前たちが挟んだんだろ?」

あいつが見せたメモは、僕たちが『日本地理大辞典』に挟んだものだった。


一週間後、母は退院した。

家に帰り着くとすぐに掃除を始めた。朝、僕たちが綺麗にしたばかりだけど、「長いこと留守にしてごめんね」と言いながら掃除をする母に何も言えなかった。

母はすぐに仕事に復帰したがったけど、上司から体力が回復するまで休むように言われた。

「もう全然元気なのに……」

母は淋しそうだった。

翌日、ヒマを持て余した母は「ちょっと散歩」と言って出かけていった。

僕たちは尾行した。予想通り、母は図書館に入っていった。

母は目についた本を持って閲覧室に入った。本を開きはしたけど、集中できない様子で入口を気にしていた。僕たちは本棚の陰からその様子を見ていた。

母は翌日も図書館に行った。そして所在なさげに一日図書館で過ごした。

次の日も、次の日も。

母は待ち続ける。

僕たちは母にある本を手に取ってもらいたかった。

願いが叶《かな》ったのは五日後のことだった。

母は何気なくその本を選んだ。何度も読んでいる本。

ページをめくり、僕たちが本に挟んだものに気がついた。

母は驚き、辺りを見回した。

母が期待する人物はいない。

母が手に取った本は『マディソン郡の橋』。挟んでおいたのはあの若き日の母の写真。

母はもう一度写真を見つめ、涙を流した。

僕たちはそんな母の姿を見て決意した。

「夏の計画、狂いっぱなしだよー。海の家のバイトもできなかったし、富士山も登れなかった」

僕はわざと大袈裟《おおげさ》に言った。

「ごめんね、お母さんの怪我のせいで」

「お兄ちゃんヒドい！　お母さんが悪いわけじゃないでしょ」

真由が打ち合わせ通りのセリフを言った。ちょっとわざとらしかった。

「じゃあ三人で旅行に行こうよ」

母は入院でお金がかかってしまったから行けないと言ったけど、旅行費用は僕がバイトして稼ぐからと説得した。

「せっかく休みをもらえてるんだから楽しんだほうがいいよ」

母はやっと頷いた。

「お母さんの生まれた町に行ってみたい」

母はびっくりして真由を見た。

「お兄ちゃんから聞いた。愛媛県内子町って、江戸時代後期から明治時代にかけて栄えた町なんでしょ？　蠟燭《ろうそく》の原料の生産で」

母は頷き、蠟燭の原料が木蠟、ハゼノキの果皮の油脂だと説明してくれた。

「それってOKってことだよね?」

母は笑顔になった。

翌週、僕たち家族は内子町に向かった。羽田から飛行機で松山空港へ。空港からバスで松山駅に行き、予讃線《よさん》で内子駅。移動だけで六時間近くかかってしまった。

内子町のメインストリートを三人で歩く。木蠟の生産で栄えた頃の商家や町家百二十棟ほどが保存されていて壮観だった。母は郷愁に浸っているのか、いつになく柔和《にゅうわ》な表情だった。でも、淋しそうでもある。

理由は判っている。

内子町には大正天皇の即位を祝って創建された芝居小屋、内子座があった。一時老朽化で取り壊されそうになったが、再建されて現在でも狂言など様々な公演が打たれている。

僕はテアトル茜橋のことを思い出した。ずっと焼けたまま放置されている映画館。再建されることはないんだろうか? 再建されれば母の楽しみが増えるのに……。

内子座の一階は板張りの枡席《ますせき》だった。二階にも席があり、学校の体育館のように両サイドから舞台を見下ろす形だ。

今日は公演がなく、僕と真由は花道を歩いたり、舞台に立ったり、奈落を見せてもらったりした。その間、母はずっと枡席に座って素の舞台を眺めていた。

内子座でタクシーを呼んでもらった。

「田丸橋までお願いします」

母は驚いて僕を見た。

実際の田丸橋は写真で見るより小さかった。全長一五メートル、幅は二メートルしかない。昭和十九年に再建されたものだけど、既に七十年以上風雨に晒され、緑の風景の中にひっそりと存在していた。

母は黙って橋を見た。思い出すことが多いのだろう。

橋を渡ってくる人物がいる。気づいた母は息を呑んだ。

あいつだ。

あいつは、僕たちに頭を下げると、母に照れたような笑顔を向けた。

そう、僕たちがあいつを呼んだんだ。


あの日、[待ってる] 人があいつだと判り、頭の中が真っ白になった。

僕はあいつを追い返した。真由は、僕が止めるのも聞かずにあいつを追いかけていった。

夜、帰ってきた真由は、「お父さん、大丈夫だと思う」と言った。

「あんなヤツのこと、お父さんなんて呼ぶな！　あいつのせいでお母さんがどれだけ苦労したと思ってるんだ！」

「話を聞いて、お兄ちゃん！」

　真由はいつになく強い口調で言った。

「お父さんは離婚してからスッパリお酒をやめたって。それから建築会社に就職して真面目に働いてきたの。ずっとお母さんや私たちに償いたいと思ってたけど、私たちと関わりを持たないことが一番の償いじゃないかと思っていたんだって。

　でも、一年前にビルのトイレ掃除をしているお母さんに偶然会ったの。お母さんはお父さんに気づかず、一生懸命掃除をしていたの。それで思わず声をかけたって。

　お母さんは怖くて逃げた。お父さんは翌日もお母さんに会いにいった。お母さんはまた逃げようとした。お父さんはメモだけ渡して帰っていった。そのメモには、毎週土日は一日中あの図書館で待ってるって書かれてたの。でも、お母さんは行かなかった」

　半年後、そんなことすっかり忘れた母は仕事で図書館に行った。そこにあいつがいた。あいつは約束通り図書館に通っていた。

「それがきっかけで何度も話し合い、やり直すことにしたって」

翌日僕は、あいつの会社に会いに行った。真由に言ったことが本当なのか確かめるために。

あいつはテキパキと部下に指示を出していた。僕の記憶にあるあいつとは別人だった。

あいつは僕に気づくと、社員が見ていることも気にせず、フロアに手をついて頭を下げた。

「許して欲しい」

あいつは母とやり直すことを許してくれたら、母を、僕たちを幸せにすると約束した。でも、僕はウンと言えなかった。脳裏に僕を殴った時の醜悪な顔がこびりついてるからだ。

そんな僕の気持ちを変えたのは、『マディソン郡の橋』に挟んだ写真を見つけた時の母の表情だった。

母はあいつを本気で好きで、本気でやり直したいと思ってる……

僕たちは困惑する母にこれまでの経緯を話した。

「……バカね」

母は苦笑したが、頬は涙で濡れていた。

真由は父に駆け寄るとその手を取り、母のところまで引っ張っていった。

母は戸惑った表情で僕を見た。

僕は父に言った。

「今度こそお母さんを幸せにして下さい」

父はしっかりと頷いた。

母はやっと笑顔になった。

父と母は、内子町の同じ高校に通っていた。クラスは違っていたけど、二人とも図書委員だった。図書館で語り合い、内子座で芝居を観たり、この田丸橋で会ったりしていた。お互いに好きだったが、はっきりと気持ちを伝えることはなかった。

高校を卒業して連絡が途絶えた。もう二度と会うことはないと二人とも思っていた。

二人を再会させたのは映画『マディソン郡の橋』だった。二人は同じ時期に田丸橋のような屋根付き橋が登場する映画があると知り、観たいと思った。その時上映していたのはテアトル茜橋だけだった。二人は同じ日の同じ回を隣同士で観た。暗くなって場内に入った母は隣が父と知らずに座り、二人とも映画が終わって気がついたのだそうだ。

……となれば話は美しく終わるのだけど、その時にはテアトル茜橋は既に閉館していて、二人が『マディソン郡の橋』を観たのは池袋の名画座だそうだ。

「写真を撮ろうよ」

真由の言葉に、僕たちは屋根付き橋の前に並んだ。真由が三脚に固定したカメラのセルフタイマーを押した。

「ここから再出発だね」

みんなが頷いた時、シャッターが切れた。

ニュー・シネマ・パラダイス　真相

その日の夕方、結城はホテルまで迎えに来てくれた。

ロビーで待ち合わせ、タクシーに乗り込むと、結城は運転手に告げた。

「茜橋まで」

「え？」

「映美ちゃんを連れていきたい店があるんだ」

タクシーの運転手はやはり茜橋を知らなかった。

結城は経路を指示し、商店街の入口で停めるように言った。

「商店街の中にレストランがあるの？」

「まあ、期待して」

結城はいたずら好きの高校生の頃のような笑顔で答えた。

タクシーを降り、商店街を歩く。ほとんどの店が閉店準備中で、通勤帰りの人たちが駆け込みで買い物をしている。

「ここだよ」

結城が立ち止まったのは、八百屋の前だった。

「八百屋さん？」

「そう、野菜を買って俺が料理……するわけじゃない。隣だよ」

八百屋の隣に茶色のドアがあった。八百屋経営者の住居に繋がるドアにしては重量感がある。ドアの上には目印となる赤い電球が怪しく光り、埋め込まれた金属プレートに小さく、“Limelight”とあった。

結城はドアを開け、中に入っていった。

映美は戸惑いながら結城の後に続いた。

真っ暗だった。映美は結城の洋服を摑んだ。

「いらっしゃいませ」

落ち着いた雰囲気の男の声がした。暗闇に目を凝らすと、ぼんやりと人影が見えた。

徐々に目が慣れていき、声の主が白いワイシャツ、黒ベストに蝶ネクタイのバーテンダーだと判った。

カウンターの上の蠟燭《ろうそく》に火がつけられ、店内が仄《ほの》明るくなった。

木目が美しい一枚板のカウンターだけでボックス席はない。打ちっぱなしの壁。

バーテンダーの後ろに棚はなく酒のボトルは飾られていない。カウンターの奥には遮光《しゃこう》カーテン。その先は厨房《ちゅうぼう》だろう。

映美は結城に促《うなが》され、バーテンダーの前のハイスツールに腰掛けた。

「久しぶりです」

「お待ちしてました」

白髪のバーテンダーは静かに微笑んだ。

「港《みなと》さん。伝説のバーテンダーなんだ」

結城は映美にそう紹介した。

「伝説だなんて、おこがましいです」

「いやいや、銀座で四十年、オリジナルカクテルで毎年のように賞を取ってるじゃないですか。この店は二年前に開いたんですよね」

「人生の残り時間が少なくなりましたからね、最後は茜橋で自分の好きな店をやろうと……」

「どうして茜橋で？」

映美は思わず聞いてしまった。

「ああ、彼女、山下《やました》映美さん。テアトル茜橋の娘さんなんだ」

結城が紹介すると、港は目を細め、懐かしそうに言った。

「そうですか。お父様には大変お世話になりました」

「父にですか？」

茜橋は港の生まれた街だった。子供の頃からテアトル茜橋に通い、都心に引っ越してからも映画を観るためにわざわざ来ていたそうだ。

「そうだったんですか」

「この店の名前、ライムライトもテアトル茜橋で観た映画から取ったんです」

映画『ライムライト』は喜劇王チャップリンの後期の作品だ。

「テアトル茜橋の建物はまだ残っていますよね？　いつかまたここで映画を観たい。前を通るたびにそう思うんです」

「映美ちゃんはテアトル茜橋を再建するためにアメリカから帰ってきたんだよな？」

港は目を輝かせた。

「いえ、まだ決まったわけじゃないんですが……」

映美は言葉を濁した。

「そうだ、まだ注文してなかった。映美ちゃん、何を飲む？」

港は一瞬にしてバーテンダーの顔に戻った。

映美は結城に勧められるまま港のオリジナル食前酒を注文した。

「信じられないな、映美ちゃんと酒を飲む日が来るとは」

「……そうね」

二人が話し始めると、港はカウンターの端で空気になった。

二人はお互いの近況を報告し合い、必然的に思い出話になる。高野のこと、音信不通になった同級生のこと。ただ、あの日のキスの話はしなかった。

港は二人のグラスが空になるとさり気なく近づき、話の腰を折らないように注文を取る。

「マスター、あれ、お願い」

「かしこまりました」

港は厨房に入っていった。

「何を頼んだの?」

「『ライムライトのスペシャリテ』だよ」

十分ほどして運ばれて来たのはメンチカツサンドだった。

「これを食べたかったんだ」

結城は一切れ摘《つま》んでから慌てて映美にも勧めた。

「マスターの料理はどれも絶品だけど、俺はこいつが好きでね」

映美は一口食べ、思わず結城の顔を見た。

「だろ？」

映美は頷く代わりにもう一口食べた。

ライムライトには二時間ほどいただろうか。結城がチェックを頼んだ。

商店街の店舗はすべてシャッターを下ろしていた。歩いている人間もほんの数人だ。

夜の空気が火照《ほて》った頰に心地よかった。

「ちょっと歩こうか」

映美は頷き、足早に歩く結城を追いかけた。

商店街を反対側に抜けてしばらく行くと、テアトル茜橋だった。

月明かりに照らし出され幻想的に見えた。結城と一緒だからだろうか。

「懐かしいな。入ってみようか」

「え？」

「高野から借りたんだ」

結城は鍵を見せ、柵に取り付けられた南京錠《なんきんじょう》を外して敷地内に入った。

映美は慌てて後に続いた。

「さすがに電気は通ってないよね」

結城はスマホのライトを点けてロビーに入ってゆく。

映美もライトを点けた。

入口のすぐ左にチケットカウンター、その横にドリンクの自販機がある。

表面の薄埃《うすぼこり》を指で拭うと、思い出が甦《よみがえ》った。

父は何かを食べながら映画を観るのも観られるのも嫌いで、ポップコーンのたぐいは置かなかった。

「デートの時は二人でポップコーンを摘みながら観るのが楽しいのに」と、映美が言っても聞いてくれなかった。

「デートする相手ができてから言え！」

映美は黙った。実はその時結城と何度かデートをしていた。と言っても学校帰りにファストフード店で喋ったり、河川敷を手も繋がずに散歩したりする程度だったが。

館内に入ると、まだ焦げた匂いが残っていた。スマホの光量が少なく、館内の様子ははっきりとは見えない。それでも火元の映写室付近の壁は黒く焦げ、映写窓の下の客席は燃えたり消火の水を被って無残な状態になっているのは判った。

館内はスクリーンに向かって緩やかに傾斜している。両脇の壁を照らしながら二人は前方に進んだ。

果たして一部の改装だけで済むのか、建て直さなければならないのかは専門家を入れて検証しなければならない。今はそのためにここにいるんじゃない。

結城との思い出に浸るのだ。

ここは、結城とキスした場所。

あの時、二人は『ニュー・シネマ・パラダイス』を観ていた。

今は映画監督になった主人公が子供の頃を回想する。第二次世界大戦終結から間もないイタリア・シチリア島。トトの父親は戦争に行ったっきり戻ってこない。映画好きのトトは村唯一の映画館に入り浸り、映写技師のアルフレードを父のように慕っていた。

その映画館で公開される映画は司祭のチェックが入り、破廉恥《はれんち》なシーンはカットされていた。トトはそのフィルムを集めていたが、アルフレードに取り上げられる。カットしたフィルムを保管しておいてやると言うアルフレードの言葉を信じるトト。

その後映画館が火事になってアルフレードが失明したり、トトの恋が描かれたりし、トトは村を出ていく。

「郷愁（ノスタルジー）に惑わされるな」

これは、ローマに旅立つトトにアルフレードが言ったセリフだ。

映画監督として成功したトトの許に、アルフレードの訃報《ふほう》が届く。トトは葬儀に参加するため、三十年ぶりに帰郷する。

　アルフレードは約束通りカットしたフィルムをトトに遺《のこ》していた。

　そのフィルムを観るシーンが映画のラストだ。

　映美も結城も感動して映画に見入っていた。

　ところが、そのフィルムはキスシーンの連続だった。体が熱くなった。スクリーンから目を逸《そ》らすと、やはり目を逸らした結城と目が合った。見つめ合い、どちらからともなく顔を近づけた。

　唇が触れるか触れないかの、淡雪のようなキスだった。

「覚えてる？」

　結城が聞いた。

「……お互い、初めてだったよね？」

「ああ。映美ちゃん、イングリッド・バーグマンのように鼻を気にしてたね。キスする時ぶつかるんじゃないかって」

「え？」

『誰《た》がために鐘は鳴る』（監督：サム・ウッド）の中のセリフだ。イングリッド・バーグマンはゲーリー・クーパーとキスした後、そのセリフを言う。

　でも、結城に話した記憶はない。

「休み時間に女子たちで盛り上がってたじゃないか」

ああ、テアトル茜橋で『誰がために鐘は鳴る』を観た翌日に友だちに話したんだった。

「邪魔にならなかったね」

「……そうね」

つい結城の鼻と唇に目が行ってしまった。結城に気づかれそうで慌てて視線を外した。

「……私たち、どうして別れたんだっけ？」

「映美ちゃんが相談なしに関西の大学へ行くことを決めた。それで俺が怒ったんだ」

そうだった。自分から恋を捨てたんだ。

映美はニューヨーク駐在の日本人証券マンと結婚したが、三年で破綻《はたん》した。お互い多忙ですれ違ったことと、彼が任期を終えて日本に戻る時についてきて欲しいと言われたが、映美は戻りたくなかった。

結城は三十歳で結婚し、高校生の娘が二人いるという。映美と違って幸せな結婚生活を送っているようだ。結城が映美に会いに来たのは、昔の恋を再燃させたくてではなく、ただの郷愁だった。

それでいい。

映美はテアトル茜橋再建計画を話した。

「やっぱりそうだったんだね。是非、協力させてくれ」

嬉しかった。

「お母さんの許可はもらったの？」

映美は首を振り、朝会う決意をしたが、わだかまりなく話せる自信がなくて行かなかったことを話した。

「わだかまり？」

映美はあの火事が火の不始末ではなく、母が意図的に放火したことを話した。

結城が真顔になった。

「本気で言ってるの？」

映美は頷いた。

「お母さんが放火する動機は？」

「母は父を嫌ってた。父が夢中になっている映画を憎んでいた。だから……」

「違うよ」

「どういう意味？」

「お母さんは、放火した人間を庇《かば》ったんだ」

　思いがけない言葉だった。

「誰を庇ったって言うの？」

「ここに火をつけたのは……映美ちゃん、キミじゃないか」

「私が⁉　バカバカしい」

「あの夜、俺は映美ちゃんに会いたくて家に行ったんだ。でも、映美ちゃんはいなかった。俺はしかたなく帰りかけ、ここを通りかかったんだ。焦げ臭い匂いがしたと思ったら、映美ちゃんが飛び出してきた。直後に窓のガラスが割れ、炎が噴き出した。映美ちゃんは一瞬振り返ったが、そのまま走って行ってしまった。俺にも気がつかずに」

「……私じゃない」

　映美は呻《うめ》くように言った。

「いや、キミに間違いない」

　記憶が鮮明に甦った。

　あの夜も母と衝突して家を出た。行き場所がなく、ここに来た。そして父が好きだった『望郷』（監督：ジュリアン・デュヴィヴィエ）をひとりで観ていた。

　パリからアルジェのカスバに逃げてきたギャング、ペペがパリから来た女に郷愁を誘われ、やがて身を滅ぼす……

映画がクライマックスを迎えようとした時、映写室から炎が噴き出した。映美は慌てて映写室に行ったが、火の勢いが強くてどうにもできなかった。映美は怖くなって映画館を飛び出した。

「火をつけたのが映美ちゃんじゃないなら、どうして一一九番しなかったんだ」

確かに一一九番しなかった。土手に上がり、燃えるテアトル茜橋を見ていた。消防車のサイレンが四方から聞こえてきた。

「怖くて怖くて、パニックになっていたの」

火事がボヤで済んだのは結城が通報したからだった。しかし、映写機は焼け、客席も水浸しになり、館内は焦げ臭い匂いが取れず、テアトル茜橋は閉館するしかなかった。

「私のことを目撃したのなら、どうして警察に話さなかったの？」

「映美ちゃんのことが好きだったから。でも、お母さんには話した」

「――」

「お母さんは映美ちゃんを庇って自分の火の不始末だと言ったんだ」

「違う。あの人が火をつけたのよ」

「火は映写室のゴミ箱から出た。紙くずと一緒に捨てられた煙草《たばこ》の吸い殻が完全に消えていなくて発火した、とお母さんは説明した」

……あの頃はまだ禁煙が徹底されていなかった。

「母が嘘をついたのよ」

「ありえない。俺がキミを訪ねた時、お母さんは家にいたんだ。俺より早く映画館に行って火をつけることは不可能なんだよ。それに、映美ちゃんが客席にいたら気づくはずだ。映画を上映してたんだろ？」

「母は私を……」

「殺そうとした？」

「……」

「映美ちゃんが行方不明だと知ったお母さんは半狂乱になって炎の中に飛び込もうとしたんだ」

まさか、母が……

「映美ちゃんがここを再建するのは、自分の罪を償うためじゃないの？」

映美は信じられない思いで結城を見た。

「……結城くん、三十年ずっと私が放火犯だと思ってたんだ」

今度は結城が絶句した。

「私が父の大切な映画館を燃やす理由がどこにあるの」

「……ごめん」

……もういい。過去のことだ。

「でも、お母さんが火をつけたというのも映美ちゃんの思い過ごしだよ。火事の原因はお母さんが説明した通りだった。警察も事件性がないと判断した」

……結城の言う通りかもしれない。

「私は母を許せなくて友だちの家に転がり込んだ。そして受験する大学を関西に変え、合格して東京を、母を棄てた」

「映美ちゃんがいなくなってお母さんは日に日に憔悴《しょうすい》していった。俺は心配で毎日のように様子を見に行った。お母さんは俺を信頼してくれて色々と喋ってくれた。映美ちゃんにつらく当たった理由も」

……どんな理由があったのだろうか。

「お父さんは長い間浮気をしていたんだ。しかも、映美という名前は映画から取ったのではなく、浮気相手の名前だった。お母さんはそれを知ってしまったんだ」

言葉を失った。そして、母に初めて殴られた日のことを思い出した。

「お母さんは映美ちゃんに非が一つもないことは判っていたが、感情を抑えられなかった」

もし本当なら理不尽すぎる。あの時の自分が可哀相だし、それ以上に母が哀れだ。

しかし、映美の知る父親は浮気をするような人間ではない。ましてや浮気相手の名前を自分の娘につけるなんて信じられない。

母に会わなければならない。真実を確かめるため、テアトル西橋を再建するために。

第四話　小さな恋のメロディ

この匂いはなんだろう。

窓から流れ込んできた匂いには確かに記憶があった。でも、それをいつ嗅いだのか、どうしても思い出せなかった。

二週間前、私は五感、つまり嗅覚、視覚、聴覚、触覚、味覚を失った。

最初に戻ったのは視覚だった。

意識を取り戻した時、白いものが見えた。時間が経つとそれが病室の天井だと判った。

次に聴覚が戻った。

「私の声が聞こえますか？　聞こえたら返事して下さい」

白衣を着た女性が私に話しかけていた。ナースだった。

そして、触覚。いや、痛覚だ。

頭、腕、足、胴体、全身を万力《まんりき》でギリギリと締め上げられているような痛みがあった。

実際、私の左腕と左足の骨は粉々に砕けていた。

「いいお天気。外に出られないのが残念ですね」

窓を開けたナースが気の毒そうに言った。

私は一つだけになった肺で深呼吸した。

唐突に思い出した。

ああ、これは夏休みの匂いだ。終業式が終わり、校舎を飛び出した時に嗅いだ匂い。

校庭の砂埃《すなぼこり》。

アスファルトに立ち上る陽炎《かげろう》。

濃緑の葉を揺らす夕立。

区民プールの塩素の匂い。

心の奥底に眠る記憶を呼び覚まされる。

私は窓の外を見ようとしたが、頭と首は包帯でぐるぐる巻きにされ、左足と左腕はギプスで固められていて、身動きが取れなかった。

「もうしばらく待って下さいね。骨が再生するには時間が必要なんです」

「……判ってる」

まだしばらく動けない。退屈極まりない時間が続く。どうやり過ごせばいいのか。

しかし、私が生きているのは奇跡らしい。乗っていたタクシーが居眠り運転のトラックと正面衝突した。タクシーは電柱とトラックの間に挟まれ、車体幅が半分になっていたそうだ。運転手は二人とも即死だった。

退屈は生きている証《あかし》なのだ。

事故から一ヶ月経ち、ようやくベッドから降りられた。検査行脚のためだ。点滴を付けたまま車椅子に乗せられ、初めて窓の外が見えた。

病院は見覚えのある道路に面していた。自宅から駅に行く時に通る道だ。通りを渡ったところには、茜橋の街には似つかわしくない全面ガラス張りのビルがある。隣は茜橋公園で、ビルの外壁には公園の緑が映っている。

「行きましょう」

と、ナースが車椅子を押そうとした。

「ちょっと待って」

ビルの壁面と対峙《たいじ》している小柄な女性がいたのだ。

ガラス張りの壁面は暗い鏡のようで、彼女と街の風景をうっすらと映している。目を凝《こ》らしたが彼女の顔ははっきりと判らない。スリムな肢体に大きめのTシャツ、ズボンはチノパンだろうか、やはり大きめのサイズだ。背も低く、成熟した女性らしさは感じられない。娘の律《りつ》と同じ中学生か、もしかしたら小学生かもしれない。

少女が何をしようとしているのか、気になった。

「検査に遅れたら先生に怒られちゃいます」

ナースが車椅子を押し、少女は私の視界から出ていった。

検査を受けている間も何故かずっと少女のことが気になっていた。夏の匂いを思い出せなかったのと同じだ。きっと心の奥底に眠る記憶と関係ある気がする。

検査を終え、主治医の診察ですべて順調とのお墨付きをもらった。

「いつ退院できますか？　予定ではもう退院しているはずですよね？」

「あと一ヶ月ぐらいでしょうか。来週からリハビリに入りましょう」

主治医は私の質問に丁寧に答えてくれたが、内容はほとんど頭に入ってこなかった。確かなのはまだ一ヶ月病院から出られないこととということだ。

三時間後、病室に戻り、窓の外を見た。

少女は、まだいた。

ガラスに映った自分と向き合い、飛び跳ねるようにステップを踏んでいた。

踏み下ろした足が地面に着くタイミングでもう片方の足を後ろに引く。その足を上げ、踏み下ろした瞬間にもう片方の足を後ろに引く。それを素早く交互に繰り返し、まるでその場で走っているように見える。

ああ、思い出した。律が好きな男性グループが得意なステップだ。

少女はポニーテールを揺らして一心不乱に踊り続ける。

不意に気づいた。

メロディだ！

あの夏の日の午後の記憶が、鮮明に甦《よみがえ》った。


目指すは区民プール！

クラスで一番仲のいい坂本《さかもと》くんと競走していた。泳ぎでも走りでも坂本くんには負けたくなかった。でも、坂本くんは僕より二〇センチも背が高く、その分脚も長い。

口惜《くや》しいけど、僕と坂本くんの差はずんずん開いていった。僕は必死に追いかけた。

突然、坂本くんが急ブレーキをかけた。僕は勢い余って坂本くんに激突、二人とも転んだ。

「痛テ！　なんだよ！」

僕はすぐに立ち上がったが、坂本くんは道路に這いつくばったまま、前を見ていた。ポカンと口が開いている。

坂本くんの視線を追うと、女の子がポニーテールを揺らして僕たちの方に駆けてくる。

彼女を見た時の僕の顔も、きっと坂本くんと同じだっただろう。

走ってくる彼女がスローモーションのように見えた。

彼女は僕たちをまったく見ずに駆けていってしまった。

僕たちは顔を見合わせると、頷き合い、彼女を追いかけた。

追いつきそうになるとスピードを緩め、角を曲がる時は見つからないように隠れ、尾行した。

彼女はあるビルに入っていった。

「塾？」

近寄って確かめると、バレエ教室だった。

「メロディじゃん！」

二人同時に声が出た。

僕たちはテアトル茜橋で『小さな恋のメロディ』というイギリス映画を観たばかりだった。

僕たちと同じ十一歳の少年と少女の初恋。少女の名前がメロディだった。僕たちは一瞬で恋に落ちた。映画館の暗がりの中で息をするのを忘れ、メロディに見惚《みと》れた。

映画のラストで二人は結婚式を挙げる。先生たちが止めようとするけど、クラスメートたちが手づくり爆弾を投げたりして守ってくれ、二人はトロッコに乗って花咲く野原の向こうへ消えていく。

映画が終わると僕たちは本屋に直行し、メロディに扮したトレイシー・ハイドの写真や記事が載った雑誌を買い、レコード屋でサントラを買った。

映画も何度も観たかったけど、その月の小遣いはなくなってしまった。するとテアトル茜橋の館長の山下さん（僕たちは〝映画のおじさん〟と呼んでいた）が、タダで入れてくれた。

「他の友だちには言うな。二人だけだぞ」

僕たちは首がもげるほど頷いた。でも後で、映画のおじさんは好きな映画をリピートする子供からはお金を取らなかったことを知った。僕たちだけが特別扱いされたわけじゃなかった。

それはともかく。僕たちが後をつけた女の子は、映画のメロディと同じようにバレエを習っているのだ。

少年とその友だちはバレエをするメロディを見て一目惚れする。覗き見を先生に見つかり、メロディの前で踊らされ、恥ずかしい思いをする。僕たちも同じ目に遭うかもしれない。それでも覗かずにはいられなかった。

僕たちのメロディはバーに足をかけ、しなやかに上体を反《そ》らせていた。

小さな胸の膨らみに目が行き、体が熱くなった。

区民プールの冷たい水に飛び込んでも火照《ほて》りは収まらなかった。

「俺、メロディと結婚する！」

坂本くんがプールの中で叫んだ。

「ふん！　お前がマーク・レスターかよ。メロディと結婚するのは僕だ！」

僕は負けずに叫んだ。

坂本くんは僕の頭を押さえつけてプールに沈めた。僕はそのまま潜ると、坂本くんの足を摑んでプールの底を蹴った。坂本くんはひっくり返ってプールに沈んだ。


それから私と坂本くんはどうしたのだろう。

どちらかがメロディと付き合った記憶はない。映画が公開されたのは一九七一年、もう五十年近く前のことだ。そもそも彼女の本名を知らない。口を聞いたこともない。いや、話したけれど相手にされなくて記憶を封印した可能性もある。

少女はいつの間にかいなくなった。

日が暮れ、やがて消灯時間になった。今日も誰も見舞いに来なかった。入院当初は会社の同僚や部下が顔を出してくれたが、ここ一週間は誰も来ない。

妻も娘も顔を見せない。着替えや持ってきてもらいたいものがある時はメッセージしたが、妻はいつも面会時間外に来て、ナースステーションに預けて帰っていく。ナースが面会しても大丈夫ですよと言っても、妻は忙しいからとそそくさと帰っていくという。

妻も働いているので判らなくはないが、私との接触を避けていることは間違いない。

妻とは何年も前からうまくいっていない。熱烈な恋愛結婚だったが、律が生まれた頃から仕事が忙しくなり、私は家庭を省《かえり》みなくなった。妻は何度も不満の声を上げた。聞いてやりたかったが、会社で大きなプロジェクトを任され、時間的にも精神的にも余裕がなかった。やがて妻は私に期待しなくなり、律を生き甲斐にした。

妻はともかく、娘の律が見舞いに来てくれないのがなんとも淋しい。

ビルの壁面に向かってダンスをする少女は、そんな私の心の隙間を埋めてくれた。

毎朝九時になると少女は現れ、二時間ほど練習して帰っていく。そして夕方また現れる。少女は一週間続けて姿を見せた。

踊り疲れて地べたに座り、タオルで汗を拭った時、少女は私の方を見た。目が合ったような気がしてドキリとした。

少女は表情を変えずに視線を逸《そ》らした。少女は私を見たのではなく、無意識に病院を見ただけのようだった。

私は少女に自分の存在を知らせたくなった。ずっと見守っている男がいることを知ってほしかった。

私はスマホが鏡代わりになることに気づいた。病室に射し込む太陽の光を反射させ、少女に送った。

少女は気づかなかった。

翌日も、その翌日も光を送ったが、気づいてはくれなかった。

病気と違って怪我の回復は目に見える。左腕と左足のギプスが外れた。骨は以前の太さに戻ったそうだが、腕も足も筋肉が落ち、随分と細くなってしまった。それからリハビリが日課になった。

ナースの付き添いで病院の中庭を散歩できるようになり、数日後には一人で歩き回ってもいいと言われた。

少女は相変わらず私の合図には気づかなかった。

まだ松葉杖を手放せなかったが、病院の外に出ることを許された。ナースが心配して付き添うと言ってくれたが、隣の公園までだからと断った。

病院を出た途端、湿気をたっぷり含んだ夏の空気が体にまとわりついた。それでも気分がよかった。病院の敷地の外はこんなにも空気が違うのか。

通りに出ると、少女の姿が見えた。いつものようにダンスに没頭している。

信号も横断歩道もない道を渡るのは不安だったが、渡り切るまで一台の車も通りかからなかった。

私は少女を驚かせないように、近くの縁石《えんせき》に腰掛けて見守った。少女はこの一週間で別人のようにダンスがうまくなった。

少女は不意にダンスをやめた。壁面のガラスの中に私を見つけたのだ。

少女が振り返った。

私は微笑みかけようとしたが、少女の私を見据える目には警戒と怒りの色があった。

「なんですか」

怪しい者じゃないと伝えなければならない。だが、声が出なかった。私はただ呆然と突っ立っていた。

「……あの病室の人？」

少女は松葉杖を見て、区民病院に目をやった。

気づいていたのだ。

「あの光、偶然じゃなかったんだ。キモい！」

少女は私を睨みつけると、首にかけたタオルをバッグに突っ込み、公園の方へ走って行ってしまった。

「待ってくれ」

やっと声が出たが、少女の耳には届かない。

ふと人の気配を感じて振り返った。中年男、いや、老人が立っていた。私と同じように松葉杖をつき、じっとこちらを見ていた。

それがビルの壁面に映った自分だと気づくには時間が必要だった。

私は鉛《なまり》のように重い体を松葉杖で支えて病室に戻った。

ナースが話しかけてきたが、答える気力もなくベッドに横になり、目を閉じた。

少女のことを考えた。

少女は、メロディだった。私と坂本くんが好きになったメロディ。

瓜実顔《うりざね》、切れ長で涼やかな目、優美な曲線で形作られた鼻、薄い唇、シャープな顎《あご》……私の記憶にあるメロディそのままだ。

いや、メロディであるはずがない。

どうして彼女はメロディそっくりなのだろうか？　もしかして、血の繋がりがあるのか？

確かめたい。そのためには話さなければならない。少女を怖がらせはしまいか。第一、少女はもう現れないかもしれない。

翌朝、私は病室から隣のビルを窺《うかが》った。

どうか昨日の老人のことは忘れて欲しい。ただ、ダンスをするキミを遠くから見守ることを許して欲しい。

いつもの時間に、少女が現れた！

大人の女性と一緒だった。女性が話しかけると、少女はこちらを向き、まっすぐに私を指差した。

女性は少女をその場に留め、通りを渡ってきた。

私は病室を出た。病院の入口に着いた時、女性は受付係と話していた。

「私です」

私は勇気を出して話しかけた。

女性は私を見た。

「誤解されているようなので説明させて下さい。私は二ヶ月近くこの病院に入院しています。楽しみと言えば窓の外の季節の移ろいを眺めることだけでした。偶然彼女を見かけ、ダンスを一生懸命やってらっしゃる姿が美しくて、見ていただけなんです。昨日はやっと外出許可が出たので励まそうと思って近づきました。決して怪しい者ではありません」

私は勤め先と名前を名乗った。

初めは露骨《ろこつ》に怒りを浮かべていた女性だったが、私が話している途中で怪訝《けげん》な表情になり、今はある確信を持って私を見ていた。

彼女が口を開いた。

「……秀一《しゅういち》くん、だよね？」

なぜ彼女は下の名前を知っているのだろう。私は苗字しか名乗っていないのに。

困惑する私に、彼女は言葉を続けた。

「私のこと、覚えてませんか？」

改めて女性を見た。少女に似ている。目も鼻も唇も、顎も……きっと少女の母親なのだろう。

女性は微笑んだ。右頬に片えくぼが現れた。

「メロディです」

「あ……」

メロディだった。私と坂本くんが憧れたメロディ。

思い出と現実がオーバーラップした。五十年の歳月が彼女の顔に皺《しわ》を増やした
が、紛《まぎ》れもなくメロディだった。

焙煎《ばいせん》したコーヒーの香りが鼻腔をくすぐる。私は病院内のカフェでメロディと向き合っている。

窓の向こうにはダンスをする少女が見えている。

いまだに信じられない。五十年前に一目惚れした女性が、触れようと思えば触れられる距離にいるのだ。

「五十年ぶりじゃないよ、忘れたの?」

メロディの言葉に戸惑う。

「私たち、大学の時に再会したの。あの時も秀一くんは私のことを忘れてた」

思い出せない。

「同じ日本語文学科だったじゃない。それも忘れたの?」

どうしてもその頃のメロディを思い出せなかった。大学時代のことで覚えている

のは、同じゼミにいた妻と付き合い、卒業してしばらくして結婚したこと。

彼女が妻のことを覚えているか聞きたかったが、妻の名前を出したくない。メロディと私の話だけをしたかった。

「じゃあ、初めて会った時のことは覚えてる？」

鮮明に覚えている。しかし、会ったと言えるのか？　私たちが一方的にメロディを見ていただけだ。

「バレエ教室。秀一くん、もうひとりの男の子と覗いてたよね？」

もうひとりの男の子？　メロディは坂本くんの名前を覚えてないのか？

「ごめん、随分昔のことだからもう顔も忘れちゃった」

私と坂本くんはあの日だけでなく、その後何度もバレエ教室を覗きに行った。毎回先生に見つかっては追い出された。

坂本くんは親に懇願《こんがん》し、メロディと同じバレエ教室に通い始めた。私にはそんな勇気はなかった。

坂本くんはバレエ教室の帰りにうちに寄るとその日のメロディの一挙手一投足を得意げに話した。私は歯嚙みしながら聞くしかなかった。

ある日、坂本くんはメロディとデートしたと自慢した。

「後楽園ゆうえんちに行ったんだ。楽しかった！」

アトラクションの順番を待っている時にメロディと手を繋いだとも言った。

「証拠は！」

五十年前は携帯もなければカメラを持っている小学生もいない。

「入場券があるだろ」

「捨てちゃった」

「嘘だな！」

「信じたくない気持ちは判るよ。信じなきゃいいよ、信じなきゃ」

坂本くんの妙に余裕のある表情にムカついたことを覚えてる。

「デートなんかしてないよ」

「え？」

「それどころか話したこともない。確かにバレエ教室に何人か男の子はいたけど覚えてない」

五十年前のことだとはいえ、嬉しかった。

「私のことは覚えていてくれたんだ」

「だって私、秀一くんのこと、好きだったから」

胸が疼《うず》いた。

本当だろうか？　メロディはいたずらっぽい目で私を見ている。

あの夏が終わると、メロディは僕たちの前から消えてしまった。

「父の仕事の関係でロンドンに行ったの。高校の時に帰国して日本の大学に行った。そこで秀一くんと再会した」

再会してどうしたのだろう。ただのクラスメイトで終わったのだろうか？　当時の記憶がまったくないのは事故のせいだろうか？　脳の検査も受けたが異常はなかったのだが。

メロディがカフェの入口に目をやり、笑顔になった。

少女が入ってきたのだ。

私の素性《すじよう》をメロディから聞かされ、少女の目から敵意は消えた。でも、彼女は私に笑顔を向けることはなかった。

「ごめんなさい、もう行かなきゃ」

メロディは立ち上がった。

「また話せるかな？」

メロディは微笑み、頷いた。

翌日、その翌日も、その翌々日もメロディは会いに来てくれた。

病院内のカフェで、窓越しにダンスの練習をする娘を見ながら、自分の人生に相手が存在しなかった時間の話をした。

　メロディは大学で同期だった男と結婚したという。

「同期の誰？」

「矢島《やじま》くん」

　日本語文学科は五十人ぐらいだった。ほぼ全員顔見知りのはずだったが、矢島という名前に記憶がなかった。やはり事故の影響だろうか？　もう一度脳の検査をしてもらわなければならない。

　矢島との結婚生活は快適なものだったという。メロディは過去形で喋ったが、離婚してはいなかった。二人とも仕事が忙しく、娘も大きくなったのでお互いに干渉せずにいい距離感を保っているそうだ。

「夫はもう私には興味がないみたい」

　メロディは微笑を浮かべながら言った。

　私も妻とうまくいってないことを話した。

　メロディは少し悲しげな表情を見せた。

　病院内のカフェでのデートが続くと、夫婦と勘違いされるようになった。リハビリも順調で、松葉杖から解放されると、外のカフェで会った。娘抜きで二人っきりで。

食事にも行くようになった。つい話し込み、消灯時間に遅れてナースに叱られることも一度や二度ではなかった。

そして、退院の日が決まった。

「おめでとう」

メロディが祝ってくれた。

シャンパングラスを静かに合わせて乾杯した。事故以来初めてアルコールを口にした。頭がクラクラするほど官能的だった。料理もこの世のものとは思えないほど美味しかった。メロディと一緒だからに違いない。

食事中はたわいない話をする。この日は映画の話だ。同い年だから観た映画はかなり被っていて話が弾む。

私はテアトル茜橋のおかげで古い映画もたくさん観ていた。話しているうちに、メロディもテアトル茜橋で映画を観たことがあると判り、盛り上がった。

フレンチのフルコースはあっという間にデザートまで辿り着いてしまった。

「そうだ、キミを連れていきたいバーがあるんだ。ライムライトと言ってね……」

メロディは首を振った。

「……どういう意味？」

「……もう帰らないと」

「どうして」

「……私、いつもパーティから帰りそびれてた」

私は苦笑した。さっき話題に上った映画『旅情』のセリフだ。ベニスを一人旅するキャサリン・ヘップバーンがイタリア人の男に恋をする。休暇が終わり帰ろうとする彼女を男は引き止める。その時に彼女が言うセリフだ。

冗談だと思った。ところが、メロディは言葉を続けた。

「今日で最後にしましょう」

「え？」

「もう会うのはやめましょう」

「どうして！」

思わず声が大きくなった。

「奥様に悪いから」

現実に引き戻され、私は黙るしかなかった。妻の存在をすっかり忘れていた。律のことさえも。

どうすればいいのだろう。私は浮気をしたことがない。

妻がいてもキミが好きだ。付き合って欲しい。そんなことを言っていいのか？

いや、メロディとは浮気じゃない、本気だ。私は今も本気でメロディに恋をしている。

私は言葉を探したが、見つからなかった。

デザートに手をつける気にならなかった。気持ちを落ち着かせるためにエスプレッソを飲む。

口の中に苦味が広がった。今まで飲んだ中で一番苦いエスプレッソだ。

食事が終わればレストランに留まる理由はなくなる。会計を済ませ、シェフたちの笑顔に送られて外に出た。

一軒家レストランは住宅街にあり、車の走る大通りまで距離がある。

街灯の少ない暗い小道を月明かりが照らしている。

私は少し先を行くメロディの手に触れた。反応はなかった。私は手を握った。

メロディは拒否しなかったが、その手は氷のように冷たかった。

大通りに出ると、申し合わせたようなタイミングでタクシーが通りかかった。

私は見送ろうとしたが、メロディが手を上げた。

「……さようなら」

タクシーに乗り込んだメロディは私をまっすぐに見て言った。その目には涙があった。涙の中に月があった。

私は閉まりかけたドアを押さえ、タクシーに乗り込んだ。

「どちらへ？」

タクシーの運転手が聞いた。

「二人っきりになれる場所へ」

私はメロディを見つめたまま言った。視界の隅に戸惑う運転手がいた。

気がつくと、ベッドにいた。

隣にメロディはいない。しかもここはホテルのベッドではない。

いつものナースが私を覗き込んでいた。

私は驚いて起き上がろうとしたが、体が動かなかった。

「先生！　意識が戻りました！」

ここは病院だ。

「凄い事故だったんですよ」

事故！　私はまた交通事故に遭ったのか。

「同乗していた女性は！」

そう言おうとしたが、声が出ない。人工呼吸器を付けられていた。

不意にアラームが鳴った。驚いたナースが私の視界から出ていった。

いくつかの足音が慌ただしく行き交い、ドクターが私の顔を覗き込んだ。

「マズいな。ご家族は？」

「奥さんと娘さんがデイルームにいらっしゃいます」

「すぐに呼んで」

家族を呼ぶ？　私は死ぬのか？

病室に人が入ってくる気配がして、視界にメロディが現れた。蒼褪《あおざ》めてはいたが、怪我をしている様子はない。よかった、無事だったんだ。

もう一人、私を覗き込む女性がいた。メロディの娘ではない。制服を着た女子高生だ。誰だろう。聞いていなかったがメロディにもう一人、娘がいたのだろうか？

あの少女は来てくれないのだろうか？

ふと、疑問が湧いた。

メロディは私と同い年だ。少女は小学五年生、十一歳だった。ということは、メロディが五十歳の時に産んだことになる。産めなくはないだろうが、メロディは夫と結婚してしばらくして娘ができたと話した。二十数年をしばらくしてとは言わないだろう。目の前にいる女子高生がメロディの娘なのだろう。

だとしたらあの少女は誰なんだ。

もうすぐ妻と律がやってくる。メロディのことをどう思うだろうか？　説明したくても今の私には無理だ。

メロディは娘に私の手を握らせ、その手を両手で包み込んだ。

……温かい。

意識が遠のいていく。あとどれぐらい生きられるのだろうか？

私は喘《あえ》いだ。体の中に残ったわずかな力を振り絞り、目を開け、首を振った。

人工呼吸器を外してくれ。そう訴えた。

ドクターは怪訝そうに見ていたが、メロディは判ってくれた。

「話したがっています。呼吸器を外せませんか？」

「しかし……」

「きっと伝えたいことがあるんです。お願いします」

メロディは懇願した。

ドクターは頷き、ナースが呼吸器を外した。途端に息が吸えなくなった。真空の宇宙に放り出されたようだ。

それでもメロディに言葉を残したかった。愛を伝えたかった。

「メロディ……」

それ以上は言えなかった。

「ありがとう。あなた……」

メロディの言葉を遮《さえぎ》るように生命維持装置のアラームが鳴った。私には見えなかったが、心拍を示す波形はフラットになった。

ドクターは胸ポケットからペンライトを取り出すと、私の瞳孔《どうこう》に光を当てた。

私の瞳孔は収縮しない。

ドクターは聴診器を胸に当て、呼吸と心臓の鼓動をチェックする。

私の肺も心臓ももう動いてはいない。

ドクターは静かに言う。

「……ご愁傷《しゅうしょう》さまです」

メロディはドクターとナースに頭を下げた。


「長い間ありがとうございました。

夫、矢島秀一とは同い年で、小学生の頃に知り合いました。夫は私のことをメロディと呼んでいました。二人が好きだった映画『小さな恋のメロディ』のヒロインの名前です。

私が引っ越したため、初恋は終わりました。やはり初恋は結ばれないものと思ったのですが、大学で偶然再会しました。同じ日本語文学科専攻で、愛し合い、卒業と同時に結婚しました。

娘ができたらメロディと名付けようと決めていました。でも、なかなか子供はできませんでした。不妊治療を受け、私が四十三の時にやっとこの子が生まれました。名前は律です。メロディという名前はやはり突飛《とっぴ》すぎると思い、旋律の律と付けました。

　正直なところ、夫とは最近うまくいっていませんでした。律には内緒にしていましたが、離婚の話も出てました。事故に遭ったあの夜も話し合っていました。レストランを出ると土砂降りの雨。別々に帰りたかったのですが、しかたなく同じタクシーに乗りました。

　タクシーの中では何も話しませんでした。窓の外に目をやっていると不意に夫が抱きついてきて驚きました。

　病院で意識を取り戻し、乗っていたタクシーがトラックと正面衝突したと聞かされ、夫が私を守ろうとしてくれたのだと判りました。

　おかげであんな酷《ひど》い事故でも、私はかすり傷で済みました。

　夫は仕事人間でしたが、私と律を愛してくれていました。ちょっとしたボタンの掛け違いで気持ちがすれ違い、亀裂《きれつ》が入っただけでした。

　律も同じです。だから夫が意識を取り戻したらすぐ見てもらえる場所で、ダンスの練習をしていたんです。

　私は夫に付き添い、病室の窓から律を見ていました。そして毎日夫に話しかけています。

初めて会った日のこと、大学で再会した時のこと、付き合うようになり、結婚を決意した日のこと、結婚式、律が生まれた日のこと……

このまま意識が戻らないまま逝《い》ってしまうと覚悟していましたが、最期に声を聞かせてくれました。昔のように私のことをメロディと呼んでくれました……」

私は矢島だった。

メロディの、いや、妻の言葉が遠ざかっていく。

妻も律の姿も霞《かす》んで見えなくなっていく。

私は、死んだのだ。

どこに行くのだろう。天国だろうか、地獄だろうか？

できれば妻と律の近くに留まり、二人を見守り続けたい。

第五話　愛と喝采の日々

杏奈《あんな》が茜橋の街に引っ越してきたのは、三年前だった。

以前は下北沢《しもきたざわ》に住んでいた。居心地のいい街だったが、アパートの更新時期だったので気分転換したくなった。

休みの日に東京の街を歩き回り、部屋を探した。大学入学をきっかけに甲府《こうふ》から上京して十六年。一度も訪れたことがない街が多いことに気づいた。

東京の東の外れにある茜橋もその一つだった。下北沢とは対極のイメージだが、空気感がとても似ていた。昭和のままの街並みは生まれ育った甲府も思い出させてくれる。

窓から東京スカイツリーが見えるマンションに決めた。スカイツリーは天候によって様々な顔を見せてくれ、飽きることがなかった。

最寄り駅まで徒歩十分ほどかかるが、電車に乗りさえすれば勤めている大手銀行の本部まで乗換なしで行ける。

よく利用する商店街の中ほど、八百屋の隣に茶色のドアがあった。杏奈がその存在に気づいたのは茜橋に引っ越して半年ほど経ってからだった。飲み会で遅くなると駅から歩くのが面倒で都心からタクシーで帰るのだけど、その日は上司もいたためあまり酔わないうちにお開きになった。

駅からマンションまでの近道は街灯がほとんどなく、終電で帰ってきた杏奈は少し遠回りだが商店街を抜けていくことにした。

薄暗いアーケードに杏奈の靴音が響く。

前方に小さな赤い光が見えた。

……なんだろう。

杏奈は誘蛾灯《ゆうがとう》に引き寄せられる蛾のようにその光に近づいた。

それはあの茶色のドアの上の灯だった。

杏奈は好奇心に駆られ、“Limelight”という金属プレートが埋め込まれたドアを押し開けた。

ドアの向こうには暗闇が広がっていた。

「いらっしゃいませ」

暗闇に目が慣れると、そこがバーで、声の主がバーテンダーだと判った。

杏奈は雰囲気に呑まれて店を出ようとしたが、ピアノの音色《ねいろ》に気づいた。

立ち止まり、数フレーズ聞くと、ベートーベンのピアノ曲と判った。

「ご存知なんですね」

バーテンダーが穏やかな口調で言った。杏奈は心の中を読まれたのかと驚いたが、思わず口に出していたようだ。

「ええ、高校までピアノをやっていたので。ピアノ・ソナタ三番ハ長調ですね」

緊張が少し解けた。杏奈は飲み足りなかったこともあり、ハイスツールに腰掛け、強めのカクテルを頼んだ。

バーテンダーはウォッカ系のオリジナルカクテルを作ってくれた。

杏奈が期待した通りの味だった。

バーテンダーは杏奈が話しかけると答えるが、自分から話しかけることはなく、杏奈から離れて存在を消す。

別世界だった。仕事、煩《わずら》わしい人間関係、時間さえ、このバーには存在しなかった。

カクテルを数杯飲み干し、何気なく腕時計に目をやると二時間以上が経っていた。

杏奈は現実世界に戻ることにした。

二時間で判ったことは、バーの店名が〝ライムライト〟ということ、バーテンダーは港という名前で、銀座のバーに長年勤めていたこと。映画好きで、テアトル茜橋に子供の頃から通っていたことぐらいだった。

杏奈はライムライトの常連になった。週二回、仕事帰りに寄る。平日は唇を湿らせる程度だが、週末はお勧めのカクテルを心ゆくまで楽しんだ。

「港さん、今日のお勧めは？」

杏奈が聞くのはカクテルではなく映画のことだ。週末の杏奈はライムライトからほろ酔いで帰り、港が貸してくれたDVDを観るのが習慣になっていた。

港はその時の杏奈の心理状態にピッタリの映画を選んでくれる。悩みを相談したことは一度もなく、たわいない話をしているだけなのに。

仕事でむしゃくしゃした時にはぶっ飛んだ『ブルース・ブラザース』、実家で十八年飼っていた猫が亡くなったと知らせを受け、思いっきり泣きたかった夜は『世界の中心で、愛をさけぶ』だった。

その夜、港が貸してくれたのは『愛と喝采の日々』（監督：ハーバート・ロス）だった。

一九七八年公開。シャーリー・マクレーン、アン・バンクロフト主演。杏奈はどちらも知らない。ジャケットには二人の女優の顔のアップとバレエの群舞シーンが写っていた。

バレエ映画だろうと気楽に観始めたが、最後のタイトルロールは涙で滲《にじ》んで見えなかった。

シャーリー・マクレーン扮《ふん》するディーディーとアン・バンクロフト演じるエマは親友だがバレエで主役の座を争っていた。ディーディーは妊娠してバレエを諦め、結婚した。二十年経ち、ディーディーはその時の決断を後悔。プリマドンナを目指す娘に夢を託している。

一方、主役の座を射止めたエマは今もバレリーナとして第一線に立ち続けている。ディーディーの娘を我が子のように指導する姿は、結婚しなかったこと、母親にならなかったことを後悔しているようだ。

あの時、違う道を選んでいたら……

ディーディーの娘の晴れ舞台の夜、二人は思いをぶつけ合う。

映画の原題は〝ターニング・ポイント〟。

港は気づいていたのだ。杏奈がターニング・ポイント=分岐点に立っていることを。

杏奈が付き合っている中村悟《なかむらさとる》は不動産会社に勤めている。杏奈が茜橋に引っ越した頃からの付き合いで、週末には一緒に出かけたり、杏奈のマンションで港から借りた映画を一緒に観ることもあった。二人とも結婚を意識していた。

その日、悟と食事をする約束になっていた。

「悟、食事する前に話したいんだ」

「食べながらじゃダメなのか？」

「うん」

悟は待ち合わせのカフェに現れると、「腹減ったー」と言いながら杏奈の前に座った。

「昨日ね、絵里《えり》に会った」

「絵里？」

「ニューヨークに留学した時の友だち」

「ああ、彼女ロンドンじゃなかったっけ？」

「そう、ホテルチェーンの本部で働いてる」

「日本に戻ってきたんだ」

杏奈は頷いて言った。「私を口説きに」

「え？」

「ロンドンで一緒に働かないかって」

「ちょっと待った。銀行やめてロンドンに行くってこと？」

「親の希望もあって日本で就職したけど、本当は英語が生かせる仕事をしたかったんだ」

「ＯＫしたのか？」

「ううん。ロンドンに行ったら少なくとも三年は本部にいて、その後どこかの国のホテルに配属されるって。それが日本になるかどうかは判らない」

「ということは、最低三年、下手するとそれ以上日本に戻らないってこと？」

悟の声が震えていた。顔を見ると今にも泣き出しそうだった。

「そう。ね、どうする？」

「結婚しよう」

「私も結婚したい。でも、ロンドンでも働きたい。三十四歳、年齢的に転職の最後のチャンスだと思うの」

「だから結婚しよう」

「それってロンドンに行かずに家庭に入れってこと？」

「働いたって構わない。だけど一緒にいなきゃ結婚の意味がない」

「悟が一緒にロンドンに来てくれる？」

「え？　俺に仕事やめろっていうこと？」

「あっちで仕事見つければいいじゃない」

だろう。

「バカ言うな」

「だったら別居婚は？」

「夫婦は一緒にいなきゃダメなんだよ！」

悟は苛立ちを露《あら》わにした。

やはりこうなってしまうのか。悟は仕事ができるし杏奈のことを愛してくれている。気も合う。人生のパートナーとしてこれ以上の相手と巡り会うことはもうないだろう。

杏奈には苦い思い出があった。二十五歳の時に付き合った彼と結婚の約束をした。ところが彼が浮気をしたという噂が耳に入った。杏奈は彼を信じたかったが、「疑うな！」と言うばかりで明確に否定しない彼に失望し、別れた。しばらくして彼が潔白だったことが判った。杏奈は謝り、やり直したいと気持ちを伝えたが、彼は首を縦に振らなかった。杏奈は結論を早く出しすぎたのだ。

杏奈にはもう一つ後悔していることがある。

……〝あの時〟も、間違った決断を下してしまった。

今度こそ後悔しない決断をしたい。

「一週間待って」

杏奈の言葉に悟は頷いた。

それが昨日のことだった。

『愛と喝采の日々』を観終わって寝ようとしたが、目が冴えてしまった。

眠気を催すまで部屋を片付けようとして、郵便物の束から返事を出してない往復葉書を見つけた。

高校の同窓会の案内だった。過去を懐かしむのは好きじゃなく、行かないつもりで放置していた。

開催日は明日。

杏奈は往復葉書をゴミ箱に捨てた。

悟からメッセージが来た。

『明日も会いたい』

杏奈は『ひとりで考えたい』と返信したが、悟は納得しなかった。なんとか杏奈を説得するつもりなのだ。どうして一週間ぐらい待てないんだろう。

杏奈が明日悟の家に行くと返信すると、やっとメッセージが来なくなった。

翌朝、杏奈は甲府の駅に降り立った。やはり悟とは会いたくなかった。ダメ元で同窓会の幹事に連絡してみると、ドタ参ＯＫと返ってきた。

杏奈は酒屋を経営する実家に顔を出した。両親は突然の帰郷に驚いたが、昼食に寿司を取って歓待してくれた。

両親は二人とも還暦を過ぎているがまだまだ元気だ。近況をいろいろ聞かれる。

悟のプロポーズと転職の話以外は正直に話した。

悟との約束の時間になり、杏奈はスマホの電源を切った。

昼食を終えると両親は仕事に戻った。同窓会は夕方からなので実家でのんびりするつもりだったが、ふと母校を訪ねたくなった。

三年間通った通学路を辿る。

目を瞑《つむ》っていても自分がどこを歩いているのか判る。

早春に沈丁花《じんちょうげ》の香りが漂ってくる石川《いしかわ》さんの家。

お茶を焙煎《ばいせん》する匂いは浜野《はまの》さんの家から。

よく吠える秋田犬のクマがいたのは野村《のむら》さんち。庭の犬小屋の主はもういない。

母校の校門は昔のままだった。

杏奈は警備室で担任だった先生に会いたいと告げた。

「すみません、石橋《いしばし》先生は既に退職されてまして……」

警備員が申し訳なさそうに言ったが、判っていた。今日の同窓会は先生の古希のお祝いも兼ねたものだったから。

杏奈が卒業生と判ると、警備員は校内に入ることを許してくれた。

土曜日の放課後。

広いグラウンドを陸上部やサッカー部員たちが走り回っている。

杏奈はグラウンドを横切り、校舎に向かった。建て替えられた校舎の先に杏奈が学んだ旧校舎がある。

旧校舎の廊下を歩くと、すれ違う生徒たちが「こんにちは！」と元気に挨拶してくれる。

お客様には挨拶をすること。石橋先生に厳しく言われた。その伝統が守られていることにホッとなった。

足は自然と体育館に向かう。杏奈はバスケットボール部だった。

果たしてバスケ部員たちが練習をしていた。

高校時代の記憶が甦《よみがえ》る。

杏奈たちは県大会の予選を勝ち進んだ。だが、全国大会出場を賭けた決勝戦の前日、チームメイトのめぐみがアキレス腱《けん》を切ってしまった。

それでもチームは善戦したが、ラスト二秒で逆転され、負けた。

劇的な負け方にしばらく呆然としていた。

目の前で練習する女子部員たちと過去の自分が重なり、涙が零《こぼ》れた。

ハンカチを取り出そうとして視線を感じた。コーチらしきジャージ姿の女性が杏奈の方に歩いてきた。

もしかして部外者立ち入り禁止だった？

女性が眉間に皺《しわ》を寄せていることに戸惑っていると、彼女は顔がくっつきそうなくらい近づいてきた。

「もしかして、杏奈？　早瀬《はやせ》杏奈、だよね？」

「……そうですけど」

「もう！　私の顔、忘れちゃったの？　めぐみだよ、めぐみ！」

そう言って女性は杏奈をペシペシと叩いた。

坂口《さかぐち》めぐみ。一番会いたくて、一番会いたくなかった親友。

杏奈は思い出した。同窓会で彼女に会いたくなくて出席の返事を出すのを躊躇《ためら》ったのだった。

でも、県大会決勝の負けを思い出したくなかったからじゃない。

「同窓会のために帰ってきたんでしょ？」

「めぐみも？」

「私は見ての通り、ここのバスケ部コーチ」

「あれ？　東京でＩＴ企業に就職したって聞いたけど？」

「二十五歳の時に父親が亡くなったのでＵターンしてきたの。教員免許取っておいてよかった」

めぐみは屈託《くったく》なく笑った。

「みんな、練習続けて！」

部員たちにそう言ってめぐみは杏奈を促《うなが》して校庭に出た。

「杏奈ー、会いたかった！」

めぐみは大仰《おおぎょう》に杏奈に抱きついた。

……ああ、昔もこうだった。めぐみはすぐにくっついてきた。

「杏奈、信じられる？　この私が生徒の相談に乗ってるんだよ。まあ、いじめとか進学の悩みにはちゃんと対処してるけど、恋愛相談には困っちゃう」

「……そうなの？」

「私たちが高校生の頃って先生に恋愛のことなんか話せなかったじゃない」

「……そうね」

「私、杏奈にだって相談できなかった」

チクリと胸が疼《うず》いた。

「今は好きだって伝えるのも別れるのもメールやＬＩＮＥだよ。で、こんな返事もらったけどどういう意味だろ、って相談してくるの。自分で直接聞きなさいって言うけど、『無理無理無理』って」

「電話で話すのも苦手らしいね」

「そう！　デートしてるのに話もせずにスマホをいじってるカップルも多いし」

「いるね」

「直接告白するって勇気いるけど、あのドキドキが恋愛の醍醐味《だいごみ》だよねー」

また、胸が疼いた。

「今日の同窓会、村越《むらこし》くん来るかな？」

疼きの原因を図星され、杏奈は動揺した。

でも、なぜ〝くん〟付けで呼ぶのだろう。

「……めぐみ、村越くんと結婚したんでしょ？」

めぐみは目を丸くして杏奈を見た。

「私が？　村越くんと？　結婚⁉」

「……違うの？」

「ちょっと待ってよ」

「十年前の同窓会で聞いた」

「私が出席してないやつだ。誰？　根も葉もない噂撒き散らしたのは」

「……根も葉もない？」

「そうよ、私、独身だし。村越くんとは卒業以来連絡も取ってないし」

……あれは嘘だったのか。

村越真也《しんや》は高校三年生の時に青森から転校してきた。長身で痩せていて、東北訛《なま》りを気にしてか口数が少なかった。クラスにはヘラヘラと笑いを取ろうとする男の子たちが多かったので、あっという間に女の子たちの人気を独占した。

杏奈も好きになったが、恥ずかしくて話しかけられなかった。

めぐみはそんな杏奈の恋心を見抜いた。

「だって、挙動不審だもん、杏奈」

杏奈は村越が好きだと正直に言った。するとめぐみは一瞬驚いた顔を見せたが、

「全力で応援するよ！」と杏奈の手を握った。

「応援って？」

「だって、付き合いたいでしょ？」

村越と付き合うなんて考えてもみなかった。同じ教室にいるというだけでドキドキするのに、手を握られたりしたらきっと心臓が止まっちゃう。

「頑張らなきゃダメだよ！」

めぐみにハッパをかけられたが、杏奈は行動を起こさなかった。めぐみはそんな杏奈にイライラしていた。

卒業が間近に迫った。村越が東京ではなく京都の大学に進学することを知ったのは、杏奈とめぐみが東京の大学に合格した後だった。

「告白するしかないよ。このまま別れていいの？　一生会えなくなるよ。それでもいいの⁉」

めぐみの言葉に、杏奈は村越に気持ちを伝えたいと思った。

「私の調査によると、卒業式の後に村越くんに告白する女の子は三人はいるね」

ダメだ。勝ち目はない。膨らんだ勇気が萎《しぼ》んでいく。

「だから先手必勝！　卒業式の前の日に告白するの！」

「……判った」

杏奈は気圧《けお》されて頷いた。

ところが、卒業式の前々日、告白の前日のことだった。

杏奈は体育館の裏に入って行くめぐみを見かけた。後を追うと、村越がめぐみを待っていた。

二人は向かい合い、真顔で話し始めた。離れているので話の内容は聞こえない。

村越がめぐみの手を握った。めぐみは反射的に手を引っ込めようとしたが、村越は離さなかった。めぐみは抵抗をやめ、村越と手を繋いだまま彼の言葉を聞いた。

杏奈はそっとその場を離れた。

歩いた。

泣きながら泣いた。

泣きながら考えた。

翌日。卒業式の前日。

「今日は頑張ってね！」

めぐみはいつもの笑顔で杏奈を励ました。

「……うん」

「私、しっかり見守ってるから」

「やめて！」

杏奈はいつになくきっぱりと言った。

「……ひとりで大丈夫だから」

「判った！」

めぐみは杏奈の背中をポンポンと叩いた。

翌日、卒業式の朝。めぐみが杏奈の家にやってきた。

「村越くんから聞いた。昨日行かなかったんだって？　彼、ずっと待ってたんだよ」

杏奈は答えなかった。めぐみを無視して学校へ向かった。

「どうしたの？　ねえ、杏奈」

卒業式の最中、めぐみに話しかけられたが、答えなかった。

式が終わっても杏奈はめぐみを避けた。

めぐみとはそれっきりになった。

めぐみからは時々メールが来たが、返事を出さなかった。

そのうちメールも来なくなった。


「え？　そうだっけ？　全然忘れてた」

杏奈はめぐみの言葉に脱力した。

「どうして杏奈は村越くんに告白しなかったの？」

「……バカにされたくなかったから」

「誰が杏奈をバカにするの？」

「めぐみと村越くん」

「どういう意味？」

「だってめぐみ、村越くんとラブラブだったでしょ？」

杏奈は体育館裏で見たことを話した。めぐみは黙って聞いていた。自分の記憶と照らし合わせてるのだろう。

「めぐみは、私が村越くんに告白して振られるところを見たかったんでしょ？」

「……そう思ったんだ。だから口をきいてくれなくなったんだ」

杏奈は頷いた。

めぐみはため息まじりに言った。

「……私も村越くんが好きだった。彼が転校してきた時からずっと」

やっぱりそうだったんだ。あの時、先に打ち明けてくれていたら、自分の気持ちを抑えてめぐみを応援したのに。

「どうして言わなかったの？」

「だって、杏奈が先に言ったから。だから応援した」

二人とも自分より相手の気持ちを大事に考えたのだ。でも、決定的に違っているところがある。

「村越くんはめぐみのことが好きだったんだよね？」

「うん」

やっぱり。

「あの日、手を握り合ってたよね？　両思いだったんだよね？」

「……そうね」

やっぱりバカにされていたんだ。今更めぐみを恨む気はないけど。

「でも、私、村越くんの手を振りほどいたんだよ。杏奈、そこは見てないんだ」

「え?」

「正直、気持ちはグラグラ揺れた。でも、村越くんに言った。『明日、杏奈が告白するから恋人になってあげて』って」

「……」

「村越くんは首を振った。杏奈に会いたくないって。私は食い下がった。とにかく杏奈の気持ちを聞いて欲しいって。村越くんは条件付きでOKしてくれた」

「条件?」

「卒業式の翌日、デートしてくれ、って」

「……」

「杏奈は村越くんに告白しなかった。だから私もデートしなかった。村越くんとはそれっきり。杏奈ともそれっきりになっちゃったね」

めぐみは淋しそうに言った。


ホテルの宴会場には懐かしい顔がたくさんあった。

石橋先生は矍鑠《かくしゃく》として古希とは思えない若々しさだった。同級生たちは、中にはもう髪の毛が薄くなっている男子もいれば、歳を取るのを忘れてしまったような女子もいた。

その中に、子供を三人連れて参加している女子がいた。奥野友里《おくのゆり》だ。

高校の頃は杏奈と同じように地味で目立たなかったが、母親になった自信からなのか、会場で一番輝いて見えた。

友里は広告代理店で働いていたはずだが、結婚する時に迷わなかったのだろうか？

「迷わなかった。というか、結婚か仕事か選べっていう男ってダメでしょ？」

そう思う。でも、杏奈はどちらかを選ばなければならない。

「私は両方選んだし、彼もそれを許してくれた。母親にもなりたかった。気がついたら三人も産んでた。子育てが一段落したら仕事に復帰するつもり」

貪欲《どんよく》さが原動力なのだろう。杏奈は悟との結婚とロンドン行きを両立させる方法がないかもう一度考えてみようと思った。

その時、会場に駆け込んできた男がいた。

杏奈とめぐみは思わず顔を見合わせた。

村越だった。長身で痩せているのは昔のまま。きちっとしたスーツに身を包み、高校生の頃の面影《おもかげ》は残っているが、洗練された大人の色気があった。

村越はカウンターでドリンクを受け取ると、会場内を見回した。

「村越くん！」

めぐみが手を上げてアピールした。

村越は笑顔でやってくる。

杏奈は深呼吸して村越を迎えた。

「早瀬さんに坂口さん、だよね？」

杏奈とめぐみは揃って頷いた。

「懐かしいな。元気だった？」

ありきたりな挨拶を交わし、近況を報告し合う。

村越は名古屋の広告代理店で働いているという。

あれ？　確か友里が働いていた代理店も名古屋だったはず。

その声が聞こえたのだろうか？　友里が子供たちと一緒にやってきた。

「パパー！」

友里の子供たちが我先に村越に飛びついた。村越は一瞬にして父親の顔になった。

「そういうことなの⁉」

めぐみが素っ頓狂《すっとんきょう》な声を上げた。

「実はね」

友里が勝ち誇ったような表情で村越に腕を絡ませた。

いや、勝ち誇ったというのは穿《うが》ちすぎだ。友里は杏奈たちが村越を好きだったことは知らないのだから。

村越一家は他の同級生たちに囲まれた。

めぐみはその輪から杏奈を引っ張り出した。

「ね、卒業式の後に村越くんに告白する女子が三人いるって言ったの、覚えてない？」

「あ！　もしかして、友里はその中の一人？」

めぐみは頷いた。

杏奈はなんだか笑えてきた。

「もしあの日、杏奈が告ってたら村越くんと結婚してたかもね」

めぐみも笑いながら言った。

「それはめぐみもでしょ？　私なんかに遠慮しないで村越くんに告ってれば……」

「そうだね」

二人で笑った。遠い過去の話。

ただ。あの時が杏奈のターニング・ポイントだったことは間違いない。

幹事が仕切る二次会には行かず、二人はホテルのバーに入った。

同窓会の話題で盛り上がったが、杏奈はめぐみに悟のことを相談したかった。

めぐみのお喋りは止まらず、いつの間にか最近観た映画の話になっていた。

「映画館じゃなく配信で観たんだけど、バリシニコフが出てた……なんだっけ」

ミハイル・バリシニコフ。旧ソ連のバレエダンサーで、アメリカに亡命。『ホワイトナイツ／白夜』など何本かの映画に出演している。

「……もしかして『愛と喝采の日々』？」

「そう！　それ！」

バリシニコフはプリンシパルでシャーリー・マクレーンの娘と恋愛する役だった。

「あの映画を観て杏奈を思い出しちゃった」

また、村越の話に戻った。

杏奈は正直に自分の気持ちを話した。

「あの日告白できなかったことを後悔してるの。ううん、村越くんと付き合えなくて残念だったという意味じゃなくて。決断力のなさ。今もなくて……」

するとめぐみはたしなめるように言った。

「杏奈、間違ってるよ」

「え？」

「杏奈は告白できなかったんじゃない。告白しないことを選んだんだよ、自分の意志で」

「――」

「今の人生は杏奈が選んだんだよ」

めぐみの言葉が杏奈の胸を抉《えぐ》った。

「……どちらを選んでも、私の人生」

「そうだよ」

悟と別れてロンドンに行くか、悟と結婚して転職を諦めるか。別の選択肢はあるのか。

悟に返事をするまであと五日ある。

悩もう。そして、自分の人生を選ぼう。


悟と会う前の夜、杏奈はライムライトに顔を出した。

「いらっしゃいませ」

一週間ぶりだったが、二年ぶりでも港は変わらぬ微笑で迎えてくれそうだ。

杏奈は『愛と喝采の日々』のＤＶＤを返した。

「ありがとう」

「決めたんですね？」

「はい」

マスターは頷くとワイングラスを杏奈の前に置いた。

「一杯ご馳走します」

「ありがとうございます」

「ワインにまつわる格言をご存知ですか？」

「いえ」

「飲んだワインについては後悔しないこと」

マスターはグラスにゆっくりと赤ワインを注いだ。

紫がかった濃い赤の液体から、芳醇《ほうじゅん》な香りが立ち上る。

すみれの花の匂い、ザクロの実、黒胡椒のようなスパイシーな香りも感じる。

人生もワインも単純じゃない。

杏奈はマスターの言葉を噛み締めながら、ゆっくりとワインを味わった。

ニュー・シネマ・パラダイス　再会

映美は結城と別れてホテルに戻った。

三十年前のテアトル茜橋の火事は母の放火だと信じていたが、結城は否定した。それどころか放火したのは映美で、母は庇《かば》っていただけだと信じていた。

もちろん映美は火をつけていない。結城の話から母が放火していないのも間違いない。

火事は誰の責任でもなかったのだ。

母は父に裏切られた怒りを幼い映美にぶつけていた。理不尽すぎて今でも母を許せない気持ちはある。だが、悪いのは母ではなく父だ。浮気し、その相手の名前を母が産んだ娘につけるなんて。

でも、信じられない。街の人たちや映画ファンに慕われ尊敬されていた父が、そんな酷《ひど》いことをするとは思えない。

ベッドに横になったが、気持ちの整理がつかなくて眠れなかった。

気がつくと窓の外が白んでいた。薄いカーテンを開けると、街は朝霧に包まれていた。

真相を知るためには母に会わなければならない。テアトル茜橋を再建するためにも会う必要がある。

しかし、躊躇《ためら》ってしまう。この期に及んで……と自分でも呆《あき》れるが、郷愁（ノスタルジー）に惑わされるのが怖かった。

決心がつかないままカフェで朝食をとっていると結城から電話があった。

「付き合おうか？」

結城は映美の逡巡《しゅんじゅん》を見抜いていた。

映美は自分に言い聞かせるように「大丈夫、午後に行くことにしたから」と言った。

母が入居する老人ホームは茜橋の隣町にある。幹線道路から少し入っただけだが、親水公園に近く樹々に囲まれており、そこが介護施設と気づく人は少ないだろう。

受付で面会を申し込むと驚かれた。母に会いに来る人はここ何年もいなかったという。

デイルームで母を待った。

車椅子で現れた、いや、職員に運ばれてきた朽木のような老女が母と気づくには少し時間が必要だった。

「山下さん、娘さんですよ」

職員が耳許で大きな声を出したが、母は反応しなかった。日舞を嗜《たしな》んで姿勢がよかったはずなのに、すっかり腰が曲がっている。車椅子の上で前屈《まえかが》みになり、虚《うつ》ろに床を眺めている。

「山下さん！」

職員が肩を揺すると、母はやっと顔を上げた。その目は映美を捉えたが、表情は一ミリも動かなかった。

職員から前もって聞かされていたが、認知症はかなり進んでいるようだった。

「お母さん、久しぶり。映美です」

映美は穏やかに話しかけた。

母の口が動いた。

「……映美」

「そう、判る？」

映美は母の手を握った。

母は不思議なものを見るかのように映美が握った手を見た。そして、その手で映美の頬を触った。

映美は母の皺《しわ》だらけで冷たい手の感触に目を閉じた。

「……映美」

母はもう一度映美の名前を口にした。先程よりも意志を感じさせる声だった。目を開けると、母の笑顔があった。記憶の奥底に沈んでいた母の顔。ああ、母はこんなふうに優しく笑う人だった。

「今日は給食残さずに食べた？」

「え……」

認知症は現在に近い記憶から失われていくという。母は映美が小学生の頃の時間を生きているようだ。父の浮気を知る前の、幸せな時。

返事をすると嗚咽《おえつ》になりそうで、映美は無言で頷いた。

母は目を細めて映美の髪を撫でる。

映美は母を傷つけた父の罪の大きさを改めて知り、自分につらく当たった母に初めて同情した。

「来週の上映作品は決まった？」

母の中の時計が進んだようだ。

「……今はお休みしてるの」

そう言ってみた。

母の喋り方もあの頃に戻った。

「火事で燃えちゃったからね」

母の時計はあっという間に進み、あの日になった。

「火事の原因は何だったの？」

「私のせい。私がちゃんと火の始末をしてなかったから。映美が助かって本当によかった」

映美は聞かずにいられなかった。

「私のこと、恨んでたんじゃないの？」

「恨む？」

映美は躊躇ったが、はっきりと言葉にした。

「同じ名前だから」

「……同じ名前？」

「覚えてないの？」

母は虚空《こくう》を見つめた。思い出そうとしているのだろう。

だが、顔を歪《ゆが》め、こめかみを押さえた。

映美は更に話を聞き出そうとしたが、職員に止められた。

「心に負担を感じると頭が痛くなるんです」

「判りました。明日もう一度会いにきます」

職員は頷き、母に声をかけて車椅子を動かそうとした。

「映美……」

「なに？」

「テアトル茜橋をお願い」

まさか母がテアトル茜橋の名前を口にするとは。

「お願いって？」

母は喋ろうとしたが、言葉が出てこなかった。

「お母さん、私、テアトル茜橋を復活させたいの。いい？」

母の目は再び力を取り戻した。しっかりと頷き、「お願い」と言った。

「映美が戻って来てそう言ってくれることを、ずっと待ってた」

母はもう一度映美の手を握りしめた。

映美は涙を見せたくなくて窓の外に目をやった。

霧はいつの間にか晴れていた。

第六話　ローマの休日

映画『ローマの休日』が日本で封切られたのは、一九五四年（昭和二十九年）。

東京の東の外れの街、茜橋にあった唯一の映画館、テアトル茜橋はその年に開業し、柿落《こけら》としにこの作品を上映した。

茜橋で生まれ育った鈴木初絵《すずきはつえ》は九歳だった。もう六十六年も前のことだが、オードリー・ヘップバーンの美しさとチャーミングさに呆然としたことを鮮明に覚えている。彼女が扮《ふん》するアン王女とグレゴリー・ペックの新聞記者・ブラッドレーの恋に胸をときめかせたことも。

あれから何回、いや、何十回観ただろう。リバイバル上映されるたびに映画館で観たし、ビデオが発売された時も、ＤＶＤになった時も、Blu-rayが発売された時もすぐに購入して、繰り返し観た。

いつかローマに行き、アン王女とブラッドレーがデートしたコースを巡りたい。初絵はそう思い続けてきた。

しかし、幼い頃は家が貧乏で、中学生の頃からアルバイトに明け暮れ、大学の時に両親が交通事故に遭って父親が亡くなり、半身不随になった母の面倒を見なければならなくなった。大学をやめてがむしゃらに働いた。夜の世界に足を踏み入れたこともある。その時実業家と知り合って結婚。新婚旅行はローマに行きたかったが、新規事業を立ち上げたばかりで余裕がなかった。初絵も夫の仕事を手伝うようになり、二人でレストランチェーンをいくつも抱えるグループを作り上げた。二十年前に夫は亡くなり、事業を継いだ初絵は夫の財産であるグループを守るため、必死に働いた。

初絵は今年七十五歳になり、信頼できる部下に会社を任せてようやく引退した。

やっとローマに行ける！

「もしもし、健吾《けんご》？　どこにいるの？」

スマホから掠《かす》れた美樹《みき》の声が聞こえる。昨夜も飲みすぎたな。

「仕事だよ」

健吾は冷たく言った。

「話があるの。うちに来てくれる？」

「だから仕事だって」

「終わってからでいいから」

「今日は無理だ」

「明日でいい」

「明日も無理だ」

「なんで？」

「仕事だって言ってるだろ」

「二十四時間貸し切りなの？」

健吾は素早く計算して答えた。

「百九十二時間」

「え⁉」

「客を待たせてるから切るぞ」

「健吾、健吾！」

美樹は悲鳴に似た声を上げたが、健吾は構わず切り、スマホの電源を落とした。

健吾は小さなスーツケースを引っ張り、航空会社のチェックインカウンターに向かった。

これから百九十二時間、六泊八日付き合う鈴木初絵が待っている。

健吾は出張ホストだった。それも女性に性的サービスまでする、昔の言葉で言えば〝男娼〟だった。

初絵には一週間前に指名を受けた。カフェで会い、七十五歳と知って驚き、いくらなんでも高齢すぎると断った。しかし、初絵は肉体的なサービスは求めていなかった。

「ローマ旅行に付き合って欲しいの」

報酬は二百万円。諸経費は別で、往復の飛行機はファーストクラス。

健吾は高額な報酬を訝《いぶか》ったが、初絵の経歴を聞き、死ぬ前の思い出作りかと納得。依頼を引き受けることにした。


成田空港からローマ・フィウミチーノ空港までは十三時間のフライト。

健吾は普段飲めない高級シャンパンを飲み、初絵の話し相手になり、機内上映で『ローマの休日』を観直したりした。

初めて観た時はカラーじゃないことにまず驚いた。そして映画のストーリーに納得がいかなかった。

特にラスト。健吾はアン王女がすべてを投げ捨ててブラッドレーの胸に飛び込むと思っていたが、そうならなかった。アン王女は王室の財産を取ったのだ。

……やはり女はずるい。

出張ホストという職業柄、女の裏側を嫌というほど見てきた。

しかし、脳裏に鮮明に浮かぶのはあの女の顔だ。忘れたくても忘れられないあいつ。

健吾はシャッター音で目が覚めた。

初絵がスマホのカメラで健吾の寝顔を撮っていたのだ。

「俺の写真は撮らないようにお願いしてましたよね？」

健吾は露骨《ろこつ》に不快な顔をして言った。

「違うの、あっちの窓の外を撮ろうと思って」

「下手な言い訳やめて下さい」

「どうしてダメなの？」

「顔バレするとマズいんで」

「私はＳＮＳやってないから大丈夫」

「どこで流出するか判んないんで」

「ふうん、疚《やま》しいことやってるって自覚はあるんだ」

「説教はやめて下さい。この仕事降りますよ」

「ムキにならないの」

初絵は笑ったが、健吾は笑う気にならなかった。

フィウミチーノ空港の到着ゲートを出ると、初絵はイタリアの空気を胸いっぱいに吸い込んだ。

「……本当に来れたんだ」

初絵は感慨深げに呟《つぶや》いた。健吾もイタリアは初めてだったが、特に嬉しくもない。

季節は初夏。ヨーロッパの日は長く、夜の七時を過ぎていたが空はまだ明るかった。

タクシー乗り場に行く途中、白タクの呼び込みがうるさかった。

健吾は彼らを目で威圧して初絵をタクシーに乗せ、自分も乗り込んだ。

運転手にホテル名を言ったが聞き返された。健吾が戸惑っていると、初絵が流《りゅう》暢《ちょう》なイタリア語で告げた。

初絵は驚く健吾に、「いつ来れるか判らなかったけど、イタリア語の勉強してたの」と得意そうに言った。

ホテルのチェックイン手続きも初絵が行った。

……これじゃ俺が客みたいじゃないか。

初絵は健吾にルームキーを渡すと、「三十分後にロビー集合ね」と言った。

「今から、観光に行くんですか?」

「もちろん」

タクシーが渋滞に巻き込まれ、既に九時を過ぎている。

「お疲れでしょうから明日にしませんか？」

初絵は少し考え、「そうしましょう」と頷いた。

健吾は初絵の体を労《いたわ》ったわけではない。旅先で死なれると、遺体の移送やいろんな手続きが面倒臭いのだ。


翌日、二人はまずスペイン広場に行った。

トリニタ・デイ・モンティ教会に続く階段のことで、ブラッドレーが偶然を装ってアン王女に声をかける。彼は前夜なりゆきで泊めた女性が外遊中に公邸から抜け出したアン王女と知り、特ダネをものにしようと考えていた。

この時、アン王女はジェラートを食べている。

「健吾くん、ジェラート買ってきてくれる？」

「ここ、飲食禁止になったそうです」

「そうなの？　じゃあ髪の毛セットしに行こうかな」

「あの美容院はありません」

「もう六十年以上経ってるからしかたないわね」

「いえ、あれは映画用に作られた店なんです」

「へぇー。調べてくれたんだ」

「仕事なんで」

健吾は事務的な口調で答えた。

タクシーを拾い、次の目的地・コロッセオに向かう。初絵は終始上機嫌でイタリア語で運転手に話しかける。運転手は日本人の小柄な老婆がイタリア語を喋れることに驚き、楽しそうに相手をした。

コロッセオに着くと運転手はわざわざ降りてドアを開け、初絵をエスコート。そして大仰《おおぎょう》にハグをした。初絵もニコニコと応え、車に戻った運転手に投げキッスをした。

「孫と旅行してるのか、って聞かれたから『孫じゃなくて恋人だ』って答えたらあの笑顔。あー、面白かった」

健吾は愛想笑いすると、チケット売り場へ向かった。

コロッセオは古代ローマ時代に造られた楕円《だえん》の闘技場で、収容人数は五万人前後だと言われている。写真はよく見ていたが、実際に目の前にするとその巨大さに圧倒された。

初絵はスマホのカメラでローマの風景を撮り続けている。

入場チケットを買って戻ってきた健吾はカメラが自分に向けられていることに気づき、手で顔を隠した。

「写真はＮＧって言いましたよね？」

「はいはい」

初絵は撮影したばかりの健吾の画像を削除してみせた。

コロッセオは地下、アリーナ、観客席の三層構造になっている。ほぼ崩壊しているが、一部半月型に再現されたアリーナを見ることができ、剣闘士が待機したり猛獣を入れた檻《おり》があった地下も見学できた。

二人はアン王女とブラッドレーが歩いた道を辿り、健吾は初絵に乞われて彼女の写真を撮った。

健吾は出口に向かいながら聞いた。

「次はどこに行きますか？」

返事がなかった。振り返ると初絵がしゃがみ込んでいた。

「どうしたんですか」

「……やっぱり歳だねぇ」

初絵はため息をつきながら立ち上がったが、ふらついていた。健吾は慌てて支えた。

「ありがとう」

「ホテルに戻ったほうがよくないですか?」

「まだ行きたいところがたくさんあるの」

「明日にすればいいじゃないですか。日程には余裕あるんですから」

『ローマの休日』縁《ゆかり》の地を巡るには二日もあれば充分だ。

「明日になったらもっとダメになるかも知れないから」

「だったら明後日でもいいじゃないですか。それでもダメなら仕切り直してまた来ればいいだけでしょ」

「もう来れない。これが最初で最後のローマだから」

「え?」

「半年後に逝《い》ってしまうの」

「どこへ行くんですか?」

「三途《さんず》の川を渡って、二度と戻って来れないところへ」

三途の川……初めて聞いた言葉だったが、意味していることは判った。

「末期癌で余命半年。医者に止められたけど、どうしてもローマに来たかったの」

健吾は絶句した。

「大丈夫、旅行中に死んであなたに迷惑かけたりしないから」

初絵は健吾の心を見透《みす》かすように言った。

二人はスペイン広場に戻り、有名ブランド店が並ぶ通りにあるアンティコ・カフェ・グレコに入った。一七六〇年に創業したローマ最古のカフェで、『ローマの休日』にも登場した。

映画のファンらしき観光客でいっぱいだったが、健吾はなんとか席を確保した。

ドルチェの甘い香りとコーヒーの香ばしい香りに包まれ、初絵は落ち着いたように見えた。

「あなたのお母さんはどんな方？」

初絵はさり気なく切り出した。

健吾の表情が一瞬にして厳しくなった。

「プライベートな質問もしない約束でしたよね？」

「少しぐらい話してくれてもいいじゃない」

「お断りします」

「じゃあ、契約は打ち切り」

「え？」

「報酬はもちろん、ホテル代も払わない。日本へも勝手に帰って」

急に強気になった初絵に驚いたが、健吾も反発して立ち上がった。

「判ったよ！　じゃあな！」

「へー、キレるんだ。どうして？」

健吾は初絵を睨みつけて店を出た。

……あいつのことを思い出し、気分が悪かった。

スマホに着信があった。

初絵かと思ったら、美樹からだった。

「なんだよ！」

むしゃくしゃしていた健吾は美樹に当たった。

「ごめん、仕事中なんだよね」

「ああ」

「今夜会って。どんなに遅くてもいいから」

「無理。今ローマだ」

電話の向こうで美樹が絶句するのが判った。

「……じゃあ、話す。私、妊娠した」

健吾が絶句する番だった。

「ねえ、産むよ」

美樹は客だった。健吾は客がどういう人間か興味を持ったことはなかったが、何度も呼ばれて時間を共にするうち、美樹が自分と同じ匂いがすることに気づいた。

美樹は両親を知らなかった。

仕事抜きで会うようになったが、それでも心を許しているわけではなかった。

……女は信用できない。

「俺の子じゃないだろ」

健吾は冷たく言い放った。

美樹のすすり泣きが聞こえてきた。

「いいな、金は出してやるから俺が日本に帰るまでに堕《お》ろせ」

「産む！」

「ダメだ！　家族なんかいらない。親になんかなりたくないんだ！」

健吾は乱暴に電話を切った。

……くそっ。なんでローマまで来てこんな気持ちにならなきゃいけないんだ。

フト、視線を感じて振り返ると、初絵が立っていた。

「ごめんなさい、言い過ぎた」

「……」

健吾は行き場がなく、店内に戻った。

初絵が美樹とのやり取りを聞いたかどうか判らなかった。初絵は何も言わずにエスプレッソを口にした。

健吾も黙って座っていた。

「話したいことがあれば話していいわよ」

健吾は首を振った。

「私には何を話したって大丈夫。半年後にはこの世にいないんだから」

「……」

健吾はそれでもしばらく黙っていたが、やがて口を開いた。

「……あいつは死んだ」

「お母さんのこと？」

「ああ。俺が十歳の時に。オヤジは三歳の時に死んでる」

「そう……じゃあ、十歳からひとりぼっちなんだ」

「ああ」

「私も子供をなくしてるの」

健吾は驚いて初絵を見た。

「……本当はあの子とローマに来たかったの」

初絵は淋しそうに言った。

「健吾くん、一つだけお願いを聞いてくれる？」

「……なんですか？」

「私のこと、『おばあちゃん』って呼んで」

健吾は戸惑った。

「血の繋がってない人を、そんなふうには呼べないです」

「あなたのおばあちゃんは？」

「知らないです。あいつが死んで、俺を引き取ろうって人間はひとりも現れなかった。ひとりも」

「……」

「俺は施設で育ったんです」

初絵は健吾の手を握った。皺《しわ》くちゃで骨ばった手だった。

健吾は驚いて引っ込めようとしたが、初絵は離さなかった。

「じゃあ、一緒に写真を撮って。一枚だけでいい、誰にも見せないから」

健吾が黙っていると初絵はカフェの店員にスマホを渡した。

店員が二人にカメラを向けたが、健吾は拒否しなかった。

「いい？　イタリアじゃ写真を撮る時に〝ファミリア〟って言うのよ」

「〝チーズ〟じゃなくて？」

「そう。ファミリア。家族って意味ね」

「……家族」

「ファミリアの〝ミリ〟って言う時に口角《こうかく》が上がるでしょ？　その時がシャッターチャンスなの」

「……」

「はい、〝ファミリア〟！」

「〝ファミリア〟」

健吾は呟《つぶや》くように言った。

初絵は写真を確認して満足そうに頷いた。

「元気回復した。行きましょう！」

初絵は立ち上がった。

「どこ行くんですか？」

「真実の口」

それはサンタ・マリア・イン・コスメディン教会の壁に設置された海神の彫刻で、その口に手を入れると、嘘をついた者は嚙み切られる、抜けなくなるなどの伝説がある。映画ではグレゴリー・ペックが手を切り落とされた仕草をアドリブでやり、オードリー・ヘップバーンを驚かせた。

「健吾くん、〝真実の口〟に手を突っ込める？」

健吾はドキリとなった。

「……どういう意味ですか」

急に初絵がもたれかかってきた。

「おばあちゃん⁉」

思わず言ってしまった。

初絵は健吾を見上げ、かすかに微笑んだが、そのまま意識を失った。

「救急車！　救急車を呼んで下さい！」

健吾は日本語で叫んだ。


搬送された病院には日本人スタッフがいた。

「彼女は末期癌なんだ！　具合が悪くなったのはそのせいなんだ！」

「ドクターに伝えます」

集中治療室からドクターが出てきたのは一時間後だった。

「意識は戻りました。軽い熱中症でした。しばらく安静にしていれば大丈夫です」

ホッとなった健吾に日本人スタッフは思いがけないことを言った。

「彼女は癌ではありませんよ」

「え？」

「七十五歳にしてはとても健康です」

初絵は一般病棟に移された。

健吾が病室に入ると初絵は微笑んだ。

「迷惑かけたね。ありがとう」

健吾は怒りを抑え、静かに言った。

「同情して損した。どうして嘘をついたんだよ」

「それは……あなたが嘘をついたから」

「俺が嘘？　何が嘘だって言うんだよ！」

初絵はその質問には答えず、自分の話を始めた。

「末期癌なのは私じゃなくて娘なの。『ローマの休日』が好きなのも娘。彼女はもうベッドから起き上がれない。だから私が代わりに来たの。写真を撮ったのも娘のためだった」

「ちょっと待った。さっき『子供をなくした』って言ったよな」

「娘は私に反発して十七歳の時に家出したの」

「なくした……そういう意味だったか」

「ええ」

「娘に棄てられたんだ」

「そうね。がむしゃらに働いていた時で、彼女のことまで気が回らなかった」

「子供より仕事が大事か」

「夫が亡くなった直後で、引き継いだ会社を潰すわけにはいかなかったの」

「金だよな、金儲けのため。娘より金を取ったんだ。棄てられて当然だ」

健吾は娘の気持ちを代弁するように言った。初絵は反論することなく、悄然《しょうぜん》と言葉を続けた。

「その時の私は状況を理解しない娘が許せなかった。今年引退してようやく人生を振り返って自分の過ちに気が付いたの。私は娘に謝らなければならない。そう思って行方を探した。

三十年ぶりに会った娘は四十七歳なのに私より歳を取って見えた。癌で余命を宣告されていた。私は娘の手を取って『許して』と言った。娘も私の手を握り返して言ったの。『お母さん、ごめんなさい』って。それから三十年の空白を埋めるために話をした。娘は体力がないから毎日少しずつ。何日も病院に通った」

健吾は自分が涙を流していることに気づいた。

彼には泣く理由があった。胸に詰まった思いを吐き出さずにはいられなかった。

「俺、両親死んだって言ったけど、違うんです。二人とも生きてるか死んでるか判らないんです。俺は三歳の時に父親に棄てられ、十歳の時に母親に棄てられたんです。俺は養護施設に送られ、十八歳までいました。何度か特別養子縁組の話があったけど、暴れてダメにしました。どうせまた棄てられる。だから大人になるまで施設で我慢しようと思った。施設が居心地がよかったわけじゃない。いじめられた。しつこくて陰湿ないじめ。人間が信じられなくなった」

初絵は口を挟まずにじっと聞いていた。

「施設を出ると夜の世界に入った。世の中金だと思ったから。キャバクラのボーイから始めて、ホステスやＡＶ嬢のスカウト、それから出張ホストになった。金で男を買う最低の女たちを相手にした」

健吾は上着の袖口で涙を拭うが、涙は止まらなかった。

「俺の人生、クソだ」

初絵も泣いていた。健吾の手を取り、励ますようにしっかりと握った。

「……ごめんなさい」

「なんであんたが謝るんだよ」

「健吾くん、あなたにお願いがあるの」

「……なんですか？」

「娘の子供を探して欲しいの」

「つまり、あんたの孫ってこと？」

「そう。娘は結婚して子供を産んだけど、夫が浮気相手と逃げてしまったの。それから頑張ってひとりで育てた。でも、ノイローゼになって孫を棄てたの」

「……手がかりは？」

「孫は相模原《さがみはら》市の花のまち学園に預けられたそうなの」

健吾は目を瞠《みは》った。

「そこ、俺がいた施設だよ。年齢は？」

「今、二十二歳」

「俺と一緒!?　だったら絶対知ってる。名前は？」

「健吾」

健吾は狐につままれたような顔になった。

初絵は健吾をまっすぐに見つめて言った。

「私の娘の名前は明子《あきこ》」

「明子……」

「そう、私の娘はあなたのお母さんなの」

「──」

「明子は死ぬ前にあなたに会って謝りたいの」

「……」

「私は、私は八方手を尽くしてあなたを探し出した」

「じゃあ、最初から孫だと知ってて俺を指名したのか」

「ええ。健吾くん、娘に、いいえ、あなたのお母さんに会ってあげて」

初絵は健吾の手を握って懇願した。

「冗談じゃない！　俺の人生めちゃくちゃにしたヤツになんで会わなきゃいけないんだ！」

健吾は初絵の手を振り払った。

「あの子は死ぬの」

「勝手に死ねばいい。俺を棄てた罰だ。苦しめばいい」

健吾は憤然と病室を出ていこうとした。

その背中に初絵が声をかけた。

「ずっと迷子のままでいいの？」

「迷子？」

「出張ホストやってること、人間を信じられないこと、人生に迷っていることを自分を棄てた母親のせいにしてきたんでしょ？　明子に会うと言い訳ができなくなる。だから会いたくない。違う？」

「――」

「すべて私のせいなの。明子があなたを棄てたのも、あなたが迷子になったのも」

「あんたは関係ないだろ！」

「家を出た明子が一度帰ってきたことがあるの。目的は金の無心。私は理由も聞かずに追い返した。妊娠していた時だったのね。あなたの年齢を聞いて判った。『親子の縁を切る』と宣言までして。あの時私が話を聞いてたら、明子とあなたが父親に棄てられることも、明子があなたを棄てることもなかった。みんな私のせい……」

健吾は再び背中を向けた。

「あなたは若い。いくらでも人生やり直せる。でも、私たちには時間がない。最後のチャンスなの。あなたの恨みは私に向けて。明子を笑顔で旅立たせてあげて」

健吾は振り返らず病室を出ていった。

初絵は追いかけることもできずに泣いた。

健吾が病室に現れたのは退院許可が下りた朝だった。

健吾はひとりで帰国したと思っていた初絵は喜んだが、健吾は黙って航空チケットを差し出した。

「あんたの分、今日の便に変更したから」

「……そう。ありがとう」

健吾はそのまま出ていこうとしたが、立ち止まって言った。

「ああ、アン王女が髪を切った店が判った。連れてくよ。俺の最後の仕事だ」

「あの店はないんじゃなかったの？」

「行くのか行かないのか？」

「お願いします」

健吾が初絵を案内したのはトレヴィの泉の前のバッグ屋だった。

「ここを美容院にして撮影したんだって」

「ありがとう」

健吾はトレヴィの泉へ歩み寄った。

「この泉の言い伝え、知ってる？」

「もちろん。後ろ向きにコインを投げ入れると願いが叶《かな》うのよね。一枚だと再びローマに来ることができる。二枚だと大切な人と永遠にいることができる。三枚は恋人や夫、妻と別れることができる」

「……ええ」

「叶わないだろうけど……」

初絵は自虐的に言ってコインを一枚、肩越しに投げ入れた。

健吾もコインを投げた。

初絵は泉を離れようとしたが、健吾は動かなかった。

健吾はもう一枚コインを投げ入れた。

「恋人がいるのね?」

健吾は美樹のことを思ったが、もう一枚コインを投げ入れた。

「その人とは別れるつもり?」

健吾は首を振った。

「……俺、あんたの娘を見送るんだろ?」

初絵は涙をこらえて頷いた。そして、再び泉に背を向け、コインを二枚投げ入れた。

「私もちゃんとお別れしなきゃ」

健吾は自分の航空チケットも変更していた。

母は生命維持装置に繋がれていた。

これが小学生の自分を棄てた母親。痩せ衰えて朽木のような姿に、健吾は衝撃を受けた。

「明子、健吾が来てくれたよ」

初絵は明子の髪を優しく撫でながら言った。

母は反応しなかった。目は閉じられたまま、ピクリとも動かなかった。

意識が戻ることは期待できないと医者に言われた。

「声をかけてあげて」

初絵に促《うなが》されたが、声が出なかった。

昔の記憶が甦《よみがえ》った。あの日、母は健吾を抱き寄せ、頬を擦り寄せてきた。少し前まで母は健吾を罵倒していた。「あんたさえいなきゃ！」

だから嬉しかった。でも、それが母に触れた最後だった。母はその日出かけたきり戻って来なかった。携帯に電話しても繋がらなかった。家を飛び出し、母を探した。泣きながら母を探した。

このまま死ぬなんて勝手すぎる。

健吾は母の手を握った。抗癌剤のせいだろうか、肌は黒ずみカサカサだった。体温も感じられない。

「俺だよ、健吾。判るか？」

母は答えない。聞こえているかどうかも判らなかった。

健吾はもう一度声をかけた。十二年間、言いたくても言えなかった言葉で。

「俺だよ、母ちゃん！」

母の表情に変化はなかった。だが、健吾はかすかに感じた。母の手のぬくもりを。


母の通夜に美樹がやってきた。健吾が呼んだのだ。

「俺、こいつと結婚するから」

健吾は遺影に向かって言った。

そして、美樹に確認した。「いいよな？」

「産んでいいのね？」

「ああ。家族になってくれ」

そして、呟くように言った。

「……もう迷いたくない」

初絵は健吾の呟きを聞き、微笑んだ。

第七話　バック・トゥ・ザ・フューチャー

「嘘でしょ！」

女が嬌声《きょうせい》を上げた。

翔《しょう》の愛車を見た時、女は百人が百人とも同じリアクションをする。ただし、『バック・トゥ・ザ・フューチャー』を観たことがあるヤツに限るが。しかし、口説こうと思った女がこの映画を観ていなかったことはない。

そう、翔の愛車はデロリアンＤＭＣ－12だ。翔が生まれた一九八五年に公開された『バック・トゥ・ザ・フューチャー』の中で、デロリアンはタイムマシンに改造され、過去と未来を行き来した。

銀色のステンレスボディ、ドアは上に跳ね上げるタイプで、鷗《かもめ》が飛び立とうと羽を大きく広げたように見えるガルウィングドア、後部に積んだエンジンはプジョー、ルノー、ボルボの三社が共同開発した２・８ＬＶ型６気筒。最高出力は１５０馬力と並みの乗用車と変わらない。

今見ると野暮《やぼ》ったいが、翔は小学六年生の時にテレビで『バック・トゥ・ザ・フューチャー』を観て、映画とデロリアンに夢中になった。

「大人になったらデロリアンを乗り回す！」

翔はそれを人生の目標にして頑張った。大学を卒業して大手不動産会社に就職すると、端正《たんせい》な顔立ちと人に警戒心を抱かせない話術を武器にナンバーワンの営業マンになり、三十歳の時に独立。今は不動産投資で高収入を得るようになった。

デロリアンは一年ほどで会社が倒産したため、八千台ほどしか製造されていない。コアなファンが多く、中古市場に出るととんでもない値段がつく。翔も一千万円で買った。

製造から四十年近く経っていてあちこちガタが来ていたが、翔は迷わなかった。中古車業者からは「故障することを前提に運転して下さい」と言われた。見た目はスポーツカーだがスピードは出ないし、故障すると部品はアメリカから取り寄せなければならないし、なにかと面倒臭い車だ。

だが、その面倒臭さも楽しいのだ。

「行きたい時代に連れてってやるよ」

必殺の口説き文句。今、デロリアンに目を輝かせている女もその言葉に落ちた。

ビューティアドバイザーと言っていたな。デパートの化粧品売り場で客の相手をしている美容部員のことか。名前は……まあいい。

かなりいい女だが、付き合うつもりはない。翔は自宅マンションではなく都心のホテルに連れ込んだ。

いざ事に及ぼうとした時、スマホに着信があった。

「誰から?」

女が甘えた声で聞いてきた。

画面には〝安田《やすだ》〟と表示されている。

「小学校の同級生だよ」そう説明しても女は疑った。

「出てよ」

面倒臭い女だ。翔は首を竦《すく》めて電話に出た。

「久しぶりだな、佐々木《ささき》。まだ返事がないけど、明日どうするんだ?」

言われて思い出した。明日、小学校を卒業する時に埋めたタイムカプセルを掘り出すことになっていた。三十年後に開ける予定だったが、校舎を建て替えることになり二十三年という中途半端な年に掘り出すことになった。

行くつもりはなかった。過去を振り返りたくなかった。特にあの頃のことは。

ふるさとは遠きにありて思うもの——というが、翔は生まれ育った浜松に思いを馳せたことは一度もなかった。帰りたいと思ったこともない。浜松は母が死んだ街、父が住んでいる街。

「明日も私と一緒にいてくれるってこと？」

女が火照《ほて》った体を擦り寄せてきた。

再びスマホが震えた。翔は女から逃れるように出た。安田が話し忘れたことがあるのかと思ったが、スマホからは緊迫した伯父の声が流れてきた。

「義雄《よしお》くんが危篤《きとく》だ。急いで行け。俺も今から浜松に向かう」

義雄は父の名前だ。末期癌で二ヶ月前から入院していた。もう退院することはないだろう。伯父からは父の癌が発覚した時から何度も会いに行くように言われたが、一度も行っていない。

「俺があいつのことを恨んでるのは伯父さんが一番よく知ってますよね？　ひとりで淋しく死ねばいいんだ。母と同じ癌になったのも因果応報《いんがおうほう》だ」

翔の激しい口調に驚いたのか、甘えていた女がベッドを降り、バスルームに入っていった。

「お前は義雄くんを誤解してる」

「何が誤解なんですか」

「今まで口止めされていたが、親子の絆を取り戻す最後のチャンスだから言う。妹が死んで、お前は義雄くんと住むのを嫌がった。児童福祉施設に入れるわけにいかなかったから俺が引き取った」

「伯父さんには本当に感謝してます。三人も子供がいて経済的にも大変だったと思うけど、俺のことも実の子供と同じように、愛情をもって育ててくれました」

「それができたのも義雄くんが援助してくれたおかげなんだ」

「金のことですか？　自分の子供の養育費を負担するのは当然じゃないですか」

「養育費だけじゃない、私の会社に資金援助してくれた」

「え？」

　小学六年生の時、母が亡くなった。その年、消費税が三％から五％に上がり、平成不況が始まった。リゾート施設を経営していたあいつは株を売り抜けて損失を最小限に抑え、飲食業界に転身した。何があろうと人間は食べなければならない。あいつは薄利多売《はくりたばい》の定食屋から始め、世間の動向を見ながら、焼肉、ラーメン屋などを経営、ことごとく当ててきた。

　一方、茨城《いばらき》の田舎で建築会社を経営していた伯父は、バブル崩壊の波をもろに被り倒産の危機に瀕していた。伯父が会社を立て直せたのはあいつのおかげだったのか。

「それだけじゃない。義雄くんはずっとお前のことを気にかけていた。仲直りしたがっていた」

「嘘だ。だったらどうして俺に会いに来なかったんですか」

「それは……義雄くんの口から直接聞け」

「危篤だともう話せないじゃないですか」

伯父には感謝してもしきれない。あいつが金を出したにせよ、伯父が大学まで行かせてくれた。就職した会社の上司と折り合いが悪い時も相談に乗ってくれた。不動産投資で大儲けした時、伯父に金を渡そうとした。これまでの感謝の印だったが、伯父は受け取ってくれなかった。

そんな伯父の言葉を無視することはできない。でも、どうしても父に会う気になれなかった。

「あいつは母が入院してる時に浮気をしたんです。母が亡くなった日にも。父は母を看取《みと》らなかった。母は淋しく死んだんです」

伯父は誤解だと言った。

「義雄くんは妹のことを愛してた」

「嘘です」

「今度詳しく話してやる。とにかく浜松に帰るんだ」

伯父はそう念を押して電話を切った。

女がバスルームから出てきた。

「なにかあったの？」

「なんでもない。来いよ」

翔は女をベッドに引っ張り込んだ。

だが、父のこと、母のことが頭を過《よぎ》り、集中できなかった。

「悪い、また」

女はシラけて帰ってしまった。

二度と会うことはないだろう。


「……もう、時間の問題だ。日が沈むまで持つかどうか判らない」

翌朝、伯父の声は掠《かす》れていた。翔を責める気力もないようだった。

「頼む。義雄くんに会ってくれ。一生のお願いだ」

電話の向こうで床に頭を擦り付けて頼む伯父が想像できた。

「判りました」

翔の答えに伯父はホッとした様子で電話を切った。

……あいつのためじゃない、伯父のために行くんだ。

翔はマンションの駐車場に停めたデロリアンに乗り込んだ。キーを差し込んで回す。

低く唸《うな》るようなエンジン音が心地いい。ゆっくりとデロリアンをスタートさせる。

公称最高速度は二二〇キロだが、とてもそんなスピードは出ない。どこまで出るか試してみたかったが、走行中にバラバラになってしまいそうで冒険はできない。

江戸川沿いの道を南に下り、首都高速に乗る。

日曜日のせいか車の流れはスムーズだ。浜松までは二五〇キロ。三時間後には着くだろう。

翔はデロリアンのご機嫌を伺いながら走らせた。

首都高3号線から東名高速に入ろうした時だった。伯父から着信があった。

「今どこだ」

翔はハンズフリーで自分の位置を伝えた。

「呼吸が浅くなってきた。もう本当に時間がない」

「……判りました」

できる限りスピードを上げよう。

翔はアクセルを踏み込んだ。

エンジンの回転数が上がり、車内がうるさくなった。

車体の振動がハンドルを通じて伝わってくる。

振動はますます激しくなった。映画の中でタイムスリップする寸前のようだ。

こちらは故障寸前。何キロまで耐えられるのか。メーターを見ると一〇〇キロを超えていた。

「お前、一〇〇キロ超えたのは何年ぶりなんだ？」

励ますようにデロリアンに話しかける。

デロリアンは悲鳴のような風切り音で応えた。

故障して止まったらアウトだ。翔はアクセルから足を離した。

が——デロリアンのスピードは落ちなかった。むしろ加速している！

慌ててブレーキを踏んだが、手応えがない。まるで空気を踏んでいるようだった。

デロリアンは加速し続ける。車体の振動は更に激しくなり、ハンドルを握っているのがやっとだ。車も翔の体もバラバラになりそうだ。

不意に赤ランプが目に飛び込んできた。前を走るトラックが急ブレーキをかけたのだ。

車間距離は充分に取っていたが、その距離はあっという間に詰まり——デロリアンはトラックに激突！

終わりだ。

翔は目を瞑《つむ》った。

が――衝撃はなかった。風切り音も消え、車体の振動も収まった。

……死は痛みを伴わないのか？　真っ暗な宇宙空間に放り出されたような感覚だ。

翔は目を開けた。

デロリアンは走り続けていた。まるで電気自動車のように無音で、氷の上を滑るように走っている。

東名高速に間違いない。しかしデロリアンの前に走っている車はない。

バックミラーを見たが、トラックもいない。

夢だろうか？　いや、眠ってはいない。一瞬の幻覚なのだろうか？

翔は狐につままれた気分で運転を続けた。

三方原《みかたはら》インターで降り、浜松市内に入る。

二十三年ぶりの帰郷。感慨はない。それでも馬込川《まごめがわ》や浜松城公園など、懐かしい風景に心が和《なご》んでしまう。もうすぐ死ぬ男に会いに来たのに。

あいつが入院する市民病院が見えてきた。母を看取ったのもこの病院だった。アイボリーの外壁は昔のままだ。

デロリアンを駐車場に停め、受付に向かう。伯父から病室番号は聞いていたが、面会手続きをしなければならない。

「面会？　どうぞ。病室はお判りですか？」

面会票の書き込みは求められなかった。東京の病院では必ず面会票を書かされるが、なぜ必要ないのか？　地方都市だからか？

翔は母親が入院していた時も面会票が必要なかったことを思い出した。入院患者の家族だからと思っていたのだが。

扉の開閉に時間がかかるエレベーター、くすんだ壁。懐かしい。

フト思い出した。市民病院が建て替えられるという新聞記事を読んだことがある。あれはいつだろう。つい最近のことなのか？　大学生の頃だったような気もする。いや、だったらもう新しい病院になっているはずだ。

病室は五階の一番奥だった。翔はそっと覗いてみた。二人部屋で、女性の入院患者がベッドで上半身を起こして編み物をしていた。この部屋にあいつがいるはずだったが、姿がない。伯父やあいつの関係者もいないのはなぜだ？　既に亡くなって霊安室に運ばれたのだろうか？

翔は病室入口のプレートを確認した。

患者の名前が二つ並んでいる。

［後藤澄江《ごとうすみえ》］［佐々木優子《ゆうこ》］

……ここじゃない。あいつの名前は［佐々木義雄］だし、病室は男女別々だ。

翔は廊下にいたナースに訊ねようとして、固まった。そしてもう一度プレートの名前を見た。

［佐々木優子］

亡くなった母と同じ名前だ。

ある予感に鳥肌が立った。

そんなバカなことが……

「すみません、今日はいつですか？」

廊下にいたナースに訊《き》く。

「九月二十一日ですよ」

笑顔で答えたナースに翔は更に訊いた。

「令和のですか⁉」

「レイワ？　なんですか？　それ」

「平成ですか？　昭和ですか？」

ナースはますます怪訝《けげん》な表情になったが、

「平成九年九月二十一日ですけど……」

「平成九年……一九九七年ですか⁉」

「ええ……」

冷静になろう。盛大なドッキリなのか？　いや、一般人にこんな大掛かりなドッキリを誰がしかけるんだ。

翔はもう一度ナースに確かめたが、答えは同じだった。

ナースは呆然となっている翔を怪訝そうに見て、隣の病室に入っていった。

「どうかなさったんですか？」という声で我に返った。

ベッドの上で編み物をしていた女性がこちらを覗き込むように見ていた。

窓から射し込む西陽で顔がよく見えなかった。

翔は女性の顔が見えるように移動した。

間違いない。母だ。二十三年ぶりに見る母。時々思い出す母の姿は美しかったが、美化された記憶だと思っていた。でも、目の前にいる母は、やつれてはいるが涼やかな目元、包み込むような笑顔は覚えている以上に美しかった。

「あの……」

声が震えた。

母は怪訝そうに翔を見ている。

「……後藤さんのお見舞いに来たんです」

とっさに同室者の名前を言った。

「ああ、澄江さんは検査に行かれてますよ」

母の優しく柔らかい声。覚えている。涙が溢れそうになった。

「……ありがとうございます」

翔はなんとか言葉にして、病室に入った。隣のベッド脇の椅子に腰掛け、母をさり気なく窺《うかが》った。

母は編み物を再開した。編んでいるのはマフラーのようだった。

翔はもらった覚えがない。遺品を整理した時にもこのマフラーはなかった。あいつのために編んでいるのか。

翔は重要なことを思い出した。母の命日。九月二十二日未明。つまり今夜だ。

今夜、母が死ぬ。

今、翔の目の前で生きているのに。

話しかけたかった。いや、抱きしめて母のぬくもりを感じたかった。

翔が立ち上がりかけた時、病室にスーツ姿の男が入ってきた。

翔はその男の顔を見て愕然《がくぜん》となった。

自分だった。顔だけでなく体型も、髪型も……。一九九七年の自分⁉　いや、違う。この時は小学六年生だ。

父は翔を一瞥《いちべつ》したが、まったく気に留めず母のベッドへ行った。

翔は仕切りのカーテンを閉め、息を殺した。

——父だ。

「具合はどうだ？」

父は母に優しく話しかけた。

「今日は調子いいわ。仕事は？」

……母は死ぬ直前まで元気だったんだ。

「近くで打ち合わせだから顔を見に来た」

「忙しいのに。私のことは気にしないで。迷惑かけたくないの」

「何が迷惑だよ」

「私が死んだら誰かいい人見つけて結婚して下さいね」

「何を言ってるんだ」

「翔にはまだ母親が必要なの」

「バカなことを言うな。翔の母親はお前しかいないんだぞ」

違う。記憶の中の父はこんなに優しくない。翔や母に冷たく当たり、浮気相手にはべったりしていた。

父は母に話し続ける。

「松本《まつもと》がお見舞いに金木犀《きんもくせい》を持ってきてくれたよ」

松本さんは父の部下だ。

「嬉しい。金木犀の匂い、好き」

「でも、匂いが強いだろ？　一人部屋ならいいんだけど……」

「そうね、澄江さんに迷惑かかるわね」

父は母を勇気づける話をたくさんした。ずっと優しい口調で、時々母の髪を撫でながら。

……やはり夢だ。タイムスリップした夢を見ているのだ。

父は話を続けた。

「ああそうだ、『バック・トゥ・ザ・フューチャー』、昨日テレビで放送してたよ」

「わー、懐かしい」

「翔、初めて観て昂奮《こうふん》してた」

母は目を細めて頷いた。

「封切りの時に映画館で観たよね」

「ああ、東京に遊びに行った時だったな。天気が悪くて水上バスに乗れなくて時間が空いてしまって」

「偶然見つけた映画館で。なんて言ったっけ」

「確かテアトル茜橋じゃなかったかな。まだあるのかな？」

翔は驚いた。俺は今、茜橋に住んでいる。会社から独立した時に引っ越した。デロリアンの車体は銀色だが、四十年近い年月が鈍色《にびいろ》に変えている。茜橋は偶然知った街だったが、時代遅れのデロリアンの安住の地に思えた。

テアトル茜橋はまだあるが、今は閉館している。

「翔が『バック・トゥ・ザ・フューチャー』を観るのは初めてじゃないわ」

「え？」

「テアトル茜橋で観た時、あの子、私のお腹の中にいた」

母は笑って言ったが、弱々しい声だった。

翔はクリスマスに生まれた。『バック・トゥ・ザ・フューチャー』が日本で初めて公開されたのは十二月七日だ。

翔はそっと病室を出て、玄関ロビーで父を待った。

父の本性を知りたかった。記憶の中の父と病室の父とではギャップがありすぎる。

だが、話しかける勇気はなかった。翔は病室から降りてきた父を尾行した。

父は近くのホテルのカフェに入った。案の定、そこには女性が待っていた。

翔は父と背中合わせの席に座り、二人の話を盗み聞いた。

女性は妖艶《ようえん》な容貌だったが広告代理店の担当者で、父の新しい店舗の宣伝方法の打ち合わせだった。

父はビジネスライクに話し、女性への下心はまったく感じられなかった。

父は女性の宣伝プランに感謝し、階上のレストランに誘った。

二人がエレベーターに乗ろうとした時、女性は高いヒールのせいで足をくじきそうになった。父は慌てて支え、女性の腰に手を回す恰好になった。そしてそのままエレベーターに乗り込んだ。

思い出した。

そうだ、俺はこれを目撃した。それで父が浮気をしていると勘違いしたんだ。

ということは！

ロビーを振り返ると——小学生の翔がいた。柱の陰から父が乗ったエレベーターを睨みつけていた。

声をかけようとしたが、小学生の翔は顔を歪《ゆが》めてホテルを飛び出していった。

翔は追いかけなかった。飛び出した小学生の翔がどこに行ったか覚えている。

今夜母は死ぬ。ひとり淋しく。翔は父の浮気を目撃したショックで街をさまよい、友だちの安田くんの家に泊めてもらった。父は女性との会食を終えると家に帰り、病院からの知らせに駆けつけたが臨終に間に合わなかった。

母に、父と小学生の翔に看取られて天国に行って欲しい。

二人を病院に行かせるにはどうすればいいのか。父に未来から来た息子だと言っても信じないだろう。

小学生の翔はどうだろうか？　『バック・トゥ・ザ・フューチャー』を観たばかりだから未来から来た自分だと言っても信じるかもしれない。

翔はデロリアンを運転して浜松城公園に行った。浜松城は徳川家康《とくがわいえやす》が築いた城だ。城が好きな翔は母を見舞った後は必ずここに寄り、中央芝生広場で天守閣を眺めていた。

果たして、小学生の翔は広場のベンチにいた。天守閣は見ずに泣いていた。

翔は横に座り、話しかけた。

「誤解だ。キミの父さんは浮気してない」

小学生の翔は驚いて翔を見た。

「なんだよ、オジさん」

「オジさん⁉」

思い出した。あの日、変なオヤジが話しかけきた。あれは自分だったのか。

「キミのお父さん、って……僕が誰だか知ってるの？」

「ああ。佐々木翔くん」

小学生の翔は目を丸くした。

「オジさん、誰なの」

「俺はキミだよ。二十年後の未来からやってきたんだ」

小学生の翔は、「バッカじゃないの！」と言い捨てて行こうとした。

「永浜《ながはま》まゆみちゃん」

小学生の翔が立ち止まった。

「好きなんだろ？　理科係の」

「なんで知ってるの！」

「安田にも話してないんだもんな」

「う、うん。でも、なんで……」

小学生の翔の頭では理解できないのだろう。我ながら情けない。

翔は小学生の翔を路上駐車したデロリアンのところに連れていった。

「二〇二〇年からこれに乗ってやってきたんだ」

小学生の翔はポカンと口を開けてデロリアンと翔を見比べた。

「マジか……」

小学生の翔は、興味津々でデロリアンを触ったり車内を覗き込んだりした。

「あれ？　フラックス・キャパシター（次元転移装置）は？」

そうだ、映画のデロリアンは発電装置やら何やらを目一杯積んでいた。

「こ、これは改良型なんだ。車体をできるだけ軽くして遠い未来にも行けるようにしたんだ」

「すご〜い！」

小学生の翔はすっかり信じた。

「乗るか？」

「うん！」

小学生の翔は目を輝かせた。単純なやつだ。

しかし、翔にはこの日デロリアンに乗った記憶はない。ということは、小学生の翔を乗せれば未来が変わるかもしれない。父と小学生の翔は今夜母を看取れるかもしれない。その代わり、タイムパラドックスで今の自分に何が起きるか判らない。

それでも構わない。死ぬ前に、もう一度二人を会わせてあげたい。ちゃんとさよならをして欲しい。願わくば母が死ぬ未来も変えたい。

翔はガルウィングドアを開けた。

「カッコイイ！」

さっきまで泣いてたクセに。

「おお！」

翔がエンジンをかけ、デロリアンを発車させると小学生の翔はまたまた歓声を上げた。

「ね、どこに行くの？　未来？　過去？」

翔はゆっくりと加速しながら言った。

「ホテルだ。お父さんを迎えに行き、一緒にお母さんの病院に行くんだ」

小学生の翔は反発した。

「ヤダ！　なんであんなやつと！」

「だからお父さんは浮気してないんだ。お母さんのことを愛してる。俺はずっと誤解してたんだ」

「嘘だ！」

その証拠を見せるからと言っても、小学生の翔は頑《かたく》なだった。走行中のデロリアンから降りようとした。

翔は作戦を変えた。

「判った判った。キミの言う通りかもしれない」

「何回も見てるんだ。あいつが女の人と一緒に歩いているところ」

「そうか。お父さんは今も女の人と一緒だ。困らせてやろう」

「困らせるよりもっと酷い目に遭わせたい」

「お父さんのスマホの番号を教えてくれ」

「スマホって何？」

そうか、一九九七年はまだスマホはなかったんだ。

小学生の翔から聞いた番号にスマホからかけたが、かからなかった。二〇二〇年とは通信網が違うのだろう。

翔は電話ボックスを見つけ、父に電話した。

「お前の息子を誘拐した。無事に帰して欲しかったら市民病院へ来い。今すぐだ」

「誰だ、お前は」

翔が答えようとすると、小学生の翔が受話器を奪った。

「パパ、僕、誘拐されちゃった。助けに来て！」

「どこにいるんだ」電話の向こうの父は必死だった。

「浜松城公園。デロリアンに乗ったオジさんが……」

翔は慌てて電話を切った。

「余計なことを言うなよ」

ああ、この頃の自分はお調子者だった。

しかたない、ここで父を待ち、ちゃんと話そう。きっと判ってくれる。根拠はなかったが、そう思い、父が現れるのを待った。

十分後、遠くからサイレンが聞こえてきた。それは徐々に近づいてくる。

翔は何気なく音のする方向を見た。

「――」

公園の樹々の隙間から、赤色灯が見えた。一つや二つではない。その数はみるみる増えてゆく。

十数台のパトカーがこちらに向かって走ってくる。

翔は慌ててデロリアンから小学生の翔を降ろした。

「何があっても今夜必ずお母さんのところに行くんだ。お父さんと一緒にだ。いいな！」

翔は強調した。

「朝まで病室にいるんだ。判ったか！」

「なんで？」

答えている時間はなかった。翔はデロリアンを急発進させた。

十数台のパトカーはすぐそこまで迫っていた。

翔は必死にアクセルを踏み込んだが、パトカーとの距離はみるみる詰まっていく。

スピードメーターの針は一〇〇キロを超えた。

車体が軋《きし》み始めた。

「おい！　ここで故障するなよ！」

目前の交差点の信号が黄色に変わった。

行ける！

翔は全身の力を込めてアクセルを踏んだ。

デロリアンは悲鳴を上げながら交差点に突入した。

その時既に信号は赤に変わり、横切ろうとする大型トラックが交差点に進入した。

翔は慌ててブレーキを踏む。タイヤがアスファルトとの摩擦で焼け、焦げ臭い匂いを嗅いだ。

デロリアンは大型トラックの側面に激突！

――したはずだった。

デロリアンは交差点を抜け、走り続けていた。

あの時と同じだ。振り返ると、やはりパトカー軍団は消えていた。

バック・トゥ・ザ・フューチャー！

未来に戻ってきたのだ。

ホッとすると同時にあることに気づいた。

……もう母には会えない。

翔はハンドルを切り、市民病院に向かった。

父はまだ生きているだろうか？　二十三年間誤解していたことを謝りたかった。

市民病院は煉瓦《れんが》色の建物に建て替えられていた。

受付で面会票を書いたが、係員に変な顔をされた。

「入院されているのは佐々木義雄さんに間違いないですか？」

「ええ」

翔は係員が止めるのも聞かず、入院病棟に行った。

伯父に教えてもらった病室に父の姿はなく、伯父もいない。プレートに父の名前もない。

「佐々木義雄さんがうちの病院で診察を受けた記録もありませんよ」

翔は係員の言葉に確信した。一九九七年にタイムスリップしたことで二〇二〇年が変わってしまったのだ。

翔はタイムカプセルを開封する日だったことを思い出し、小学校へ行った。

懐かしい校舎がそのままあった。翔はまた過去に戻ったのかと混乱したが、この校舎を建て替えるためにタイムカプセルの取り出しが早まったんだ。

校舎の裏に回ると、小学生顔のまま大人になった安田や、同級生が十人ほどいた。

「遅かったな、佐々木」

タイムカプセルの掘り出しは終わっていた。

「お前の分だよ」と、安田に紙袋を渡された。

ふにゃふにゃ文字で「佐々木翔」と書かれていた。小学生の頃はこんな字を書いていたのか。しかし、タイムカプセルに紙袋を入れた記憶はなかった。

中には手編みのマフラーが入っていた。あの時病室で母が編んでいたものだろう。まだ編み始めたばかりで二〇センチもなかったが、紙袋に入っていたマフラーは完成していた。

……だとしたら母は死ななかったのか？

マフラーと一緒に手紙が入っていた。一瞬母からかと期待したが、小学生の翔からのものだった。

『20年後のぼくへ』

あの時の変なオジさんが20年後のぼくなんですね？　ショックでした。もっとかっこいい大人になってデロリアンを乗り回すつもりだったのに。

――うるさい。

あの後パパとママの病室に行きました。三人で話して、自分がパパを誤解していたことが判りました。

それから、あの夜ママは死にませんでした。

――そうなのか！　母は今も生きているのか⁉

あの日は、です。ママは一週間後にマフラーを完成させ、ぼくとパパに見守られて眠るように亡くなりました。

――一週間だけの奇跡だったのか。

ママを看取られたのは、変なオジさんのおかげだと思ってます。

――うるさい。

そちらの世界ではママはあの日に亡くなったんですよね？　タイムスリップについて調べたら、時間は枝分かれするそうです。あの日ママが死んだ世界と死ななかった世界が存在するって。オジさんがいる世界では、パパと仲直りできましたか？

――できてない。

父とは二十三年間まともに話していない。父はなぜ息子が母の死を境に自分を拒絶するようになったのか、判っていないだろう。おそらく母の死のショックがそうさせていると思い、俺の好きにさせたのだろう。伯父に預け、遠くから見守り続けていたのだろう。

この世界で父はどこにいるのだろう。

伯父に電話したが、留守で話せなかった。

翔は母の手編みのマフラーを巻いてデロリアンを運転し、東京に戻った。

茜橋のマンションの駐車場に停め、玄関ロビーに入った時だった。中から絶滅危惧種の昭和のちょいワルオヤジ風の男が急ぎ足で出てきた。

翔は一瞥しただけですれ違おうとしたが、男が翔の前に立ちはだかった。

「……え？」

男は手を差し出した。

「急いでるんだ。キー！」

戸惑っていると、男は翔の手からデロリアンのキーを取り上げた。

父だった。

「生きてたのか！」

「なに言ってんだ？　勝手に乗り回すなよ！」

言い捨てて出ていく父を追う。

「母さんも生きてるのか⁉」

「翔、大丈夫か？　あいつはお前が小学生の時に亡くなっただろ？」

……その事実は変わらなかったのか。

「オヤジ、癌は？」

「あ？」

どうやら癌も患《わずら》ってない様子だ。

父はデロリアンに乗り込んだ。

「どこ行くんだよ、俺の車だぞ」

「バカ言うな、俺が二十年前に買ったんじゃないか」

そこも変わったのか。

「お前、変だぞ」

「……時間を旅してきたからかな」

ほんの少し感傷的に言ったが、父は無視してエンジンをかけた。

「オヤジ、母さんの話を聞かせてくれ」

「時間がない。お前の息子が大変なんだ」

「え!?　俺の息子!?」

父がアクセルを踏み込むとデロリアンは唸りを上げて走り出した。

「どこに行くんだ、オヤジ！」

父が運転するデロリアンはあっという間に次元転移装置が作動する時速一四〇キ

口に達した。

デロリアンは炎のタイヤ痕を残し――消えた。

翔は呆然と見送った。

「バック・トゥ・ザ・フューチャー！　違う。カムバック・ファーザー！」

ニュー・シネマ・パラダイス　再建

母の認知症は日に日に悪化していった。まともに話せたのは映美が初めて老人ホームを訪ねた時だけだった。ちゃんと会話していたのに急に自分がどこにいるのか判らなくなり、映美さえ知らない人だと怯えることもあった。

母は建物を取り壊さず、三十年もの期間、固定資産税を払い続けている。テアトル茜橋を復活させたかったのなら、なぜ早く動かなかったのか？

母に会い、理由が判った。

母は、私を待っていたのだ。私に、テアトル茜橋を再建して欲しかったのだ。

映美は高野に事情を話し、協力を求めた。高野は一も二もなく承知してくれ、自分の店に事務所を間借りさせてくれた。映美は再建の目処《めど》がつくまで日本に留まることを決意、会社を信頼できる部下に任せ、代表の座を降りた。

結城もまた協力を申し出てくれたが、仕事が忙しくガッツリとは関われなかった。それでも結城が支えてくれるのは心強かった。

まず、どのような形で再建できるのか。映美は今残っている建物をそのままに生かして改修したいと思っていた。

映美は高野と彼に紹介された建築家とともに劇場に足を踏み入れた。

「わお。昔のままだ」

高野が昂奮《こうふん》している。

映美は結城と一度中に入っていたが、昼間に改めて見ると建物の老朽化が酷《ひど》いことがよく判った。

「部分的には生かせるところもありますが、新しく建てたほうが安く済みますし、山下さんが理想とする映画館を造れますよ」

建築家の言葉には頷くしかなかった。

「映美ちゃん、お宝満載だよ」

事務室から高野がダンボール箱を持って出てきた。

中には公開当時のポスターやチラシ、パンフレットが入っていた。

『ローマの休日』『小さな恋のメロディ』『ハチ公物語』などなど。

「これはお父さんの手書きかな?」

それはガリ版刷りの作品解説だった。

〝未来に戻るってどういうことでしょう。

登場するタイムマシンがこれまたユニーク。

最初は冷蔵庫型を考えていたそうだけど、もしそのままだったらどういった展開になったんだろうね〟


父の優しい口調が思い出される文章だった。

これを読み、やはり今の建物をできる限り生かすことに決めた。

テアトル茜橋の復活は、思い出を取り戻すことでもあるのだ。

だが、映美が用意した資金では足りなかった。

「妥協は必要だよ」と、高野に言われたが諦めたくなかった。

旧知の銀行や投資家に相談したが、色よい返事はもらえなかった。

「寄付を募《つの》ってはどうだろうか？」

結城が提案した。最近はクラウドファンディングが流行《はや》っているという。自分の夢や行動を発信し、活動を応援したい人から資金を募る方法だ。

映美は顔の見えない不特定多数に頼ることに抵抗を覚えたが、結城の一言で翻意《ほんい》した。

「テアトル茜橋は茜橋の人たちだけのものじゃない」

映美の活動が全国紙で報道されると、各地から寄付の申し出が殺到した。

また、事務所にもテアトル茜橋で映画を観た、父に世話になったという人たちが訪ねてくるようになった。

みんな、映美が知らない父や母の話をたくさんしてくれた。二人とも茜橋の人たちや映画を観に来る人たちに愛されていた。

話を聞けば聞くほど、父が浮気をしていたとは思えなかった。映美という名前は父の浮気相手の名前だと母は言ったというが、それも信じられなくなってきた。

母に改めて確かめても認知症が進行し、はっきりとした答えは得られなかった。

事務所に出入りするサポーターに佐々木翔がいる。彼自身はテアトル茜橋で映画を観たことはないが、両親にとって思い出の映画館だという。

「それ、お母さんの勘違いじゃないですかね？」

ある日翔にそう言われて驚いた。母との確執《かくしつ》は結城と高野にしか話してなかったからだが、後で高野がうっかり喋ったと白状した。

「俺も自分のオヤジがおふくろを裏切ってたと思ってたんですが、そうじゃなかったんです」

「どうして判ったの？」

「それが、タイムスリップしてですね……」

「いや、なんでもないです。とにかくお話を聞いた限りでは映美さんのオヤジさんは浮気してないんじゃないかなあ」

「タイムスリップ？」

翔がそう思う根拠は判らなかったが、そうであればいいと強く思った。

その数日後、再建のために寄付したいと高齢の女性が訪ねてきた。

「田村《たむら》えみと申します。お父様には大変お世話になりました」

えみ……映美は胸騒ぎを覚えた。

「失礼ですが、えみとはどのような字を書かれるんですか？」

「映画が美しいと書いて映美です」

女性は微笑んで言った。映美は彼女の気品の中に〝女〟を感じ、訊ねた。

「父とはどういうご関係ですか？」

「私、映画が好きでテアトル茜橋に通ってました。結婚に悩んでいる頃で、お父様には色々と相談に乗ってもらっていました」

「……相談」

悪い予感が膨らむ。

「あなたが映美さんなんですね」

「……ええ」

「お父様、私が名乗ると『うちの娘と同じだ』と嬉しそうにおっしゃいました」

うちの娘と同じ名前……ということは、既に映美は生まれていた。浮気相手の名前ではないのだ。

女性は父に相談している時に泣いてしまい、そこを母に見られて詰問されたことがあったという。

女性はもっと父に話を聞いて欲しかったが、あらぬ誤解を招いてはいけないとテアトル茜橋に行くのを我慢したという。

「あの時力になっていただいたお礼に寄付させて下さい」

映美は深々と頭を下げた。

もっとも多く寄付をしてくれたのは、柿落《こけら》としで『ローマの休日』を観たという女性だった。妹を連れた男子高校生、小学生の女の子、貯金箱を持ってきた兄妹もいた。

そうして目標金額を大きく上回る寄付金が集まった。

その日、母は静かに息を引き取った。

エピローグ

「ロク!」

朝の散歩中にお父さんが僕に話しかけた。

「今年も満開になったな」

見上げるとお父さんの好きな桜が咲き誇っていた。満開の桜を見るのは二回目だ。僕がお父さんのところに来て一年以上経ったんだ。

相変わらず花には興味がなかったけど、お父さんの嬉しそうな顔を見ると僕も楽しくなる。

散歩から帰るとお父さんは新聞受けから朝刊を取り出す。

「おや?」

新聞受けにチラシが入っていた。お父さんはお母さんを呼んだ。

「おい、明日テアトル茜橋がリニューアルオープンだぞ!」

散歩コースにあるお化け屋敷のような映画館は、半年ぐらい前から高い壁で囲まれ、中からいろんな音がしていた。改装してるんだってお父さんが教えてくれたけど、ついに完成したんだ。

「また『ハチ公物語』をスクリーンで観られるぞ！」

お父さんは大喜び。映画は家でたくさん観てるのに、どうしてそんなに嬉しいのか、僕には判らなかった。


佐竹浩介は、妹の真由と両親とニュー・テアトル茜橋に向かっている。

両親はもちろん、浩介もなけなしの小遣いから寄付をした。新しい映画館の一部が自分のお金で出来ていると思うと嬉しかった。

母はきっと上映作品が変わるたびに通うだろう。紆余曲折《うよきょくせつ》あって復縁した父と一緒に。

「『マディソン郡の橋』も上映してくれるかな？」

「リクエストに応えてくれるそうだからお願いしてみよう」

浩介はクリント・イーストウッドの『ダーティハリー』をリクエストするつもりだった。

浩介と真由は、映画館までの道すがらずっと映画の話をしている両親を呆《あき》れながらも微笑ましく見守った。

鈴木初絵は映画館の前に立ち尽くしていた。

記憶は美化されるというが、目の前にあるニュー・テアトル茜橋は九歳の時に母に連れて来られた時と同じだった。

映画館の正面の壁、入口の上には巨大な看板が掲げられているのも同じだ。『ローマの休日』の看板。ラストの謁見シーンが、写真ではなく手描きで再現されている。

「新しく建て直したの？」

初絵に付き添う孫の健吾に、健吾と結婚したばかりの美樹が聞いた。

「いや、火事に遭った前の建物の一部を残してるんだって」

手描きの看板を見上げる初絵は泣いていた。

……娘の明子も連れて来たかった。

初絵は健吾を明子に引き合わせることができたが、彼女の寿命を延ばすことはできなかった。

明子は奇跡的に意識が戻り、健吾との和解を喜び、初絵に感謝して息を引き取った。

「入ろう、おばあちゃん」

初絵は健吾に促《うなが》され、ニュー・テアトル茜橋に足を踏み入れた。

ロビーには過去に上映された映画のポスターやパンフレットが展示されていた。

「ママ、『小さな恋のメロディ』もあるよ」

律が幸代《さちよ》を呼んだ。

「懐かしい」

幸代は目を細めた。『小さな恋のメロディ』は夫・矢島秀一との思い出の映画だ。

ポスターは緑の中を歩くメロディことトレイシー・ハイドとマーク・レスターのツーショット写真。「パパとママもこんな感じだったの？」

「フフフ」

幸代は夫と初めて会った時のことを思い出して微笑んだ。

「パパ、もう一度観たかっただろうね」

「……そうね。律にも観て欲しい」

「ＤＶＤで何度も観てるよ」

「映画は映画館で観なきゃ」

「だって、ずっと暗いんだもん」

「それはそうよ」

幸代は苦笑した。

ロビーには杏奈の姿もあった。

去年ターニング・ポイントに立たされた杏奈は悟との結婚を選ばず、ロンドンのホテルチェーンに転職した。

仕事で一時帰国したタイミングでニュー・テアトル茜橋がオープンすることを知り、駆けつけたのだった。

杏奈の隣には悟がいた。復縁したわけではない。彼の本心は判らなかったが、杏奈にとっては悟は元恋人という肩書の親友でしかなかった。

ロビーに入ってきた白髪の男が杏奈に微笑みかけた。誰だろう。杏奈は曖昧《あいまい》な笑顔で応え……あっとなった。

ライムライトの港だった。いつものバーテンダースタイルと違うので見違えてしまった。

杏奈が微笑みを返すと、悟が二人の関係をしつこく聞き出そうとした。ああ、悟はこういうところが面倒臭いんだ。杏奈は港に一礼すると客席に入っていった。

港もまた感慨深げに館内を見て回った。

ところどころに以前のテアトル茜橋がそのまま残っていた。

一部が黒ずんだ壁、客席へのドアの取っ手、ゴミ箱も昔のままではないか？

港は開映のアナウンスがあるまでロビーに留まり、テアトル茜橋の復活を喜ぶ人たちの笑顔を見ていた。


裕司は希望とデートを重ねていた。希望は自分をプロの殺し屋と信じている、と裕司は信じていたが、希望は最初から裕司が父親と知っている。

裕司は毎月希望とデートすることを生き甲斐に、宅配便の配送センターで一生懸命働いていた。

膨大《ぼうだい》な借金があったが、身の丈に合わない大博打はせず、地道に返していくことを選択した。先は長いが、希望と月に一回会えることが力になった。

ニュー・テアトル茜橋には希望に連れて来られた。久しぶりの茜橋は賑やかな色を取り戻していた。

「パパはここ」

「え？」

希望に無理矢理座らされた客席の隣には、元妻の玲子がいた。

裕司は状況が飲み込めなかった。

まもなく映画の上映が始まるが、裕司はそれどころではなかった。一体何が起きてるのか？　理解できぬまま、スクリーンを眺めるだろう。そして映画が終わり、玲子が自分を支えたいと思っていることを知り、号泣《ごうきゅう》するだろう。


翔はニュー・テアトル茜橋の中に入れず、ヤキモキしていた。

オヤジがあれっきり未来から帰ってこないのだ。でも、今日ここに現れそうな気がしていた。


聞きたいことがたくさんある。翔の息子、オヤジの孫は無事救えたのだろうか？

しかし、と翔は思う。俺ってちゃんと結婚して子供ができるんだ。

翔はプレイボーイだったが、両親の真相を知ってからは二人のように愛し合える相手が欲しいと思うようになった。

もしかしたらここで運命の出逢いがあるかも。

翔はニュー・テアトル茜橋を振り返った。この映画館にはときめきが感じられた。


その時、デロリアンＤＭＣ‐12のエンジン音が響いた。

……やっとここまで漕ぎつけた。

映美は期待に胸を膨らませて映画館に入っていく人たちを眺めた。

怒濤のスケジュールだった。

母が生きているうちになんとか完成させたかった。

以前と同じく座席数は百五十席にし、映写機はデジタル上映用ビデオプロジェクタの他に、昔の映画が上映できるようにフィルム映写機、16ミリの映写機も設置した。

柿落としは『ローマの休日』以外に考えられなかった。

レセプションには寄付を寄せてくれた人や茜橋の人たちを招待した。

上映前に時間を取り、館内を案内した。みんな、昔のままの柱の手触り、壁のシミ、トイレの表示などに郷愁を感じてくれている。

映画館にいる時ぐらい郷愁（ノスタルジー）に惑わされてもいい。

満員にもかかわらず、映美は空席を二つ設けていた。

一つはニュー・テアトル茜橋の完成を待たずに亡くなった母のため。もう一つは父のため。

母は父の隣に座りたくないと言うかもしれないが、天国で誤解を解き、仲直りしてくれると信じて。

時間になった。

映美は上映開始のブザーを鳴らした。

観客のざわめきが収まり、場内が暗くなった。

そして、映画が始まった。

「パラマウント・ニュースが皆様にお送りする特報、アン王女のロンドンご訪問。姫の喧伝久しき……」

Fin…

Bonus Material ～作品内映画紹介～

ニュー・シネマ・パラダイス

好評配信中

DVDメーカー

Asmik Ace

製作年 1989年　**製作国** イタリア・フランス

キャスト

アルフレード:フィリップ・ノワレ
サルヴァトーレ(トト)／少年時代:
　サルヴァトーレ・カシオ
サルヴァトーレ(トト)／青年時代:
　マリオ・レオナルディ
サルヴァトーレ(トト):ジャック・ペラン
エレナ(少女時代):アニエーゼ・ナーノ
エレナ:ブリジット・フォッセー　※[完全オリジナル版]のみ
アデルフィオ神父:レオポルド・トリエステ[インターナショナル版]、[完全オリジナル版]

スタッフ

監督・脚本:ジュゼッペ・トルナトーレ
製作:フランコ・クリスタルディ
撮影:ブラスコ・ジュラート
美術:アンドレア・クリザンティ
編集:マリオ・モッラ
音楽:エンニオ・モリコーネ
字幕翻訳:吉岡芳子
吹替翻訳:宇津木道子［インターナショナル版］／
　　　　　金丸美南子［完全オリジナル版］

DVDリリース年

2000年
※現在、DVDは出荷終了

上映時間

155分(初期公開版)／124分(インターナショナル版)

伴一彦の着想メモ

戦後間もないシチリアの村に、一軒の映画館があった。映画好きの少年は映写技師と仲が良く、彼から映画や人生について学んでいた。

大人になり、映画監督として活躍する彼の許に映写技師の訃報が届く。30年ぶりに帰郷した彼は、思い出の映画館が閉館し、解体が近いことを知る。


実は“観ず嫌い”でした。有名なラストシーンの設定を知り、あざといと思って敬遠していたのです。

でも、この短篇集の〆にはふさわしそうなので観てみました。そして封切当時に観なかったことを後悔したのでした。

レオン

※画像は完全版
好評配信中

DVDメーカー
Asmic Ace

製作年 1994年 **劇場公開日** 1996年10月1日
製作国 フランス・アメリカ

キャスト
レオン:ジャン・レノ
ノーマン・スタンフィールド:ゲイリー・オールドマン
マチルダ:ナタリー・ポートマン
トニー:ダニー・アイエロ
マイキー:ピーター・アベル
マチルダの父:マイケル・バダルコ

スタッフ
監督:リュック・ベッソン
脚本:リュック・ベッソン
撮影:ティエリー・アルボガスト
音楽:エリック・セラ
字幕翻訳者名、吹き替え版翻訳者:岡田壯平、瀬谷玲子

上映時間
133分(完全版)

DVDリリース年
2013年04月19日
※現在、DVDは出荷終了

伴一彦の着想メモ

家族全員を殺された少女は、匿ってくれた無口な殺し屋と一緒に暮らし始める。少女は犯人に復讐するために殺し屋に銃の撃ち方を教わるが……。

無口な殺し屋は同じリュック・ベッソン監督の「ニキータ」に登場。ちょい役だったが、膨らませてレオンになった。

中年男と少女の危うい関係が面白いと思ったのですが、そのままではつまらないので、危うくない関係を危うく見せることにしました。父親と名乗れない父親、娘と名乗らない娘というヒネリを加えて。

ハチ公物語

DVDメーカー

松竹

映画公開年　1987年

キャスト

上野秀次郎：仲代達矢
上野静子：八千草薫
古川駅長：田村高廣

スタッフ

監督：神山 征二郎
原作、脚本：新藤 兼人
音楽：林 哲司

DVDリリース年

2013年01月30日

上映時間

107分（劇場版）

デジタル配信中
好評発売中
BD価格：¥3,300＋税／
DVD価格：¥2,800＋税
発売販元：松竹

※2020年8月現在の情報です。

伴一彦の着想メモ

昭和の初め、東京の大学教授の家にもらわれてきた秋田犬は、ハチと名付けられる。

成長したハチは教授を渋谷駅まで送り迎えするようになるが、教授は病気で死んでしまう。それでもハチは駅に通い続ける。

実は私は猫派だったけど、犬派に転向しました。現在飼っている黒柴犬を主人公に書きたいと思い出して書きました。また、過去に飼っていたロックという犬（ペキニーズ）のことも。

私はペットを大切にしない人間には殺意すら抱きます。自分の心情に一番近い話になりました。

マディソン郡の橋

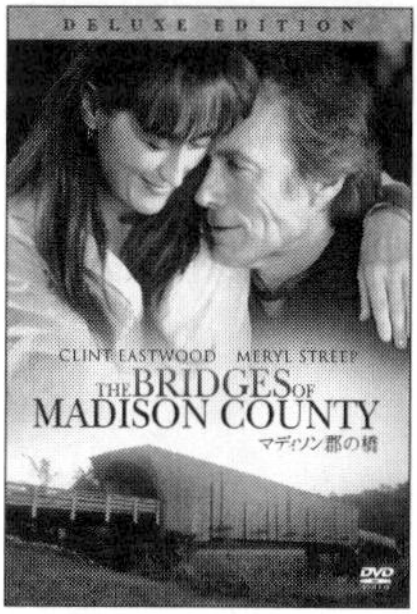

ダウンロード販売中
デジタルレンタル中
ブルーレイ ¥2,381＋税／
DVD ¥1,429 ＋税
ワーナー・ブラザース ホームエンターテイメント

DVDメーカー
ワーナー・ブラザース ホームエンターテイメント

映画公開年 1995年

キャスト
ロバート・キンケイド：クリント・イーストウッド
フランチェスカ・ジョンソン：メリル・ストリープ

スタッフ
監督：クリント・イーストウッド
脚本：リチャード・ラグラヴェネーズ
製作：クリント・イーストウッド
製作：キャスリーン・ケネディ
原作：ロバート・ジェームズ・ウォラー
音楽：レニー・ニーハウス

DVDリリース年
2010年04月21日

上映時間
134分（劇場版）

伴一彦の着想メモ

平凡な主婦が、家族が旅行中に恋をした。相手はカメラマン。地元の屋根付き橋を案内したのがきっかけだった。たった四日で終わったが、生涯忘れられない恋だった。


自分の両親の恋愛、結婚する経緯を知る人はどれくらいいるのでしょうか？　私自身知るのが遅かったけれど、もし高校生の時に知ったらどう思っただろうか？　大人の恋を理解できるのか？　と考えました。

また、日本にも屋根付きの橋があることを知り、物語に取り込みました。

残念ながら内子町《うちこちょう》には行ったことはありません。

小さな恋のメロディ

価格　Blu-ray ￥4,800+税
発売元・販売元
株式会社KADOKAWA

DVDメーカー

KADOKAWA ／ 角川書店

映画公開年 1971年

キャスト

ダニエル・ラティマー：マーク・レスター
メロディ・パーキンス：トレイシー・ハイド
トム・オーンショー：ジャック・ワイルド

スタッフ

監督：ワリス・フセイン
脚本：アラン・パーカー
製作：デヴィッド・パットナム
撮影：ピーター・サシスキー
音楽：ビー・ジーズ／クロスビー、スティルス、ナッシュ＆ヤング

DVDリリース年

2015年12月22日

上映時間

103分（劇場版）

伴一彦の着想メモ

　ロンドンに住む少年は同じ学校に通う少女・メロディに恋をする。二人は墓地でデートしたり、学校をさぼって海に遊びに行ったり。二人が結婚すると言い出し、先生たちは大慌て。クラスメートたちに応援されて結婚式を始めるが……。

　高校生の時に見て、主役のトレーシー・ハイドに一目惚れ。ビージーズの音楽も好きになりました。
　もし高校生の時に好きだった女の子が、今、高校の頃のままの姿で現れたら？　と、考えてみました。

愛と喝采の日々

DVDメーカー

20世紀フォックス・ホーム・エンターテイメント・ジャパン

映画公開年 1977年

キャスト

ディーディー：シャーリー・マクレーン
エマ：アン・バンクロフト
ユーリ：ミハイル・バリシニコフ
エミリア：レスリー・ブラウン

スタッフ

監督・制作：ハーバート・ロス
製作・原作・脚本：アーサー・ロレンツ
製作総指揮：ノラ・ケイ

DVDリリース年

2010年08月04日

上映時間

120分（劇場版）

写真協力：公益財団法人川喜多記念映画文化財団

伴一彦の着想メモ

バレエ団で主役の座を争っていた、ライバルであり親友だった二人。一人は結婚を選び、一人はバレリーナとして生きることを選んだ。20年後再会した二人は、お互いへの気持ちをぶつけ合う。


映画の原題、ターニング・ポイント（転換点）から考えました。

人間誰しも右か左か、やるかやめるか、決断を迫られることがあります。そして選ばなかった人生を知ることはできません。

後悔に意味はあるのでしょうか？

仕事か結婚か、は古いけれど、新しい問題でもあるのでは？

ローマの休日

DVDメーカー

NBCユニバーサル・エンターテイメント

映画公開年 1953年

キャスト

ジョー・ブラッドレー:グレゴリー・ペック
アン王女(アーニャ・スミス):オードリー・ヘプバーン
アービング・ラドビッチ:エディ・アルバート

スタッフ

製作・監督:ウィリアム・ワイラー
原案:ダルトン・トランボ
脚本:ダルトン・トランボ/ジョン・ダイトン

DVDリリース年

2014年09月10日

上映時間

118分(劇場版)

DVD:1,429 円+税
※ 2020年9月の情報です。

伴一彦の着想メモ

某国の王女は公務で縛られた毎日にうんざり。親善旅行で訪れたローマで宮殿を抜け出し、ひょんなことから新聞記者の家に泊まってしまう。翌日彼女が王女だと知った新聞記者は、スクープ目的のために彼女をローマの名所に案内する。

タイトルから、「老婆の休日」を連想。老婆がローマを旅する話にしようと決めました。
旅の相手は誰がいいか？　同年代の家族や友人と旅しても面白くなさそうなので、思いっきりギャップのある相手にすることにしました。お互いに決して出会うことのない年齢、職業のはずなのに、実は深い繋がりがあった……となれば面白くなるのではないか、と考えました。

バック・トゥ・ザ・フューチャー

DVDメーカー

NBCユニバーサル・エンターテイメント

映画公開年 1985年

キャスト

マーティ・マクフライ：マイケル・J・フォックス
エメット・ブラウン博士（ドク）：クリストファー・ロイド
ロレイン・ベインズ・マクフライ：リー・トンプソン

スタッフ

製作総指揮：スティーブン・スピルバーグ
製作脚本：ボブ・ゲイル
監督脚本：ロバート・ゼメキス

DVDリリース年

2012年04月13日

上映時間

116分（劇場版）

Blu-ray：1,886 円＋税／ DVD：1,429 円＋税
※ 2020年９月の情報です。

伴一彦の着想メモ

近所に住む科学者が発明したタイムマシンで、30年前にタイムスリップした高校生。未来へ戻ろうと若い頃の科学者に協力を求めるが、その過程で結婚前の両親の出会いを邪魔してしまい、自分の存在が消えそうになってしまう。


もしタイムマシンがあったらどの時代に行きたいか、誰もが一度は考えたことがありますよね？

過去に戻らないと会えない人って誰だろう。

デロリアンを登場させ、スピード感のある話にしたかった。　タイムスリップは現実にはありえないこと。他の話との整合性をどうつけるか？　など考えました。

あとがき

本編を読んでから、このあとがきをお読みいただいているんでしょうか？　それとも、どんな小説なのかなと立ち読みされているところでしょうか？　どちらでもかまいません。手に取っていただき、ありがとうございます。

私は脚本家ですが、映画は映画館で観るべし、という映画館原理主義者ではありません。今の世の中、テレビやパソコン、タブレット、スマートフォンでも映画や映像作品を楽しめます。私もよく観ています。

でも、映画館はなくなって欲しくないと思ってます。

二〇二〇年、新型コロナウイルスが私たちの生活様式を劇的に変えてしまいました。四月八日から五月いっぱい東京都内の映画館は閉まりました。再開しても感染防止のために一席空けるなどの対策が取られ、映画をめぐる状況は一変。客足も戻っていません。

それでも、映画館で映画を観る習慣はなくならないと信じています。

中学生の頃から映画館、それも封切館《ふうきりかん》ではなく名画座と呼ばれる旧作映画を上映する映画館に通うようになりました。上映開始を知らせるチャイムが鳴り、場内の明かりが落とされ、スクリーンの幕（緞帳《どんちょう》）が開く。あの瞬間のワクワクが忘れられません。

最近は封切館、名画座とも開映チャイムはなく、スクリーンは剝《む》き出しのまま、場内が明るいうちから予告編が流れ、そのまま本編が始まってしまいます。なんとなく味気ないですね。

中学、高校の頃に観た映画は最近観たものより、感動したり細部まで覚えています。

大学では、授業で普段観られない古い映画を観せてもらったり、友人に誘われて今まで興味がなかったジャンルや監督の映画を観たり、毎週土曜日のオールナイト興行には欠かさず通い、映画漬けになりました。

映画自体も記憶に残りますが、誰と一緒に観たか、どういった精神状態の時に観たのか、その日の天気まで覚えていることもあります。

私の生涯のベスト・ワン映画『冒険者たち』一九六七年（ジョゼ・ジョバンニ原作脚色、ピエール・ペルグリ脚色、ロベール・アンリコ脚色監督、アラン・ドロン、リノ・ヴァンチュラ、ジョアンナ・シムカス）を観たのは川辺りの映画館。観終わって外に出ると、まだ日が高くて川面《かわも》がキラキラ輝いていました。

日本映画『約束』（金志軒《キムジホン》原案、石森史郎《いしもりふみお》脚本、斎藤耕一《さいとうこういち》監督）を観たことで人生が変わりました。映画で一番大切なのは脚本と知り、脚本を書いた石森先生のいる大学に入学。卒業後も師事し、脚本家になったのです。

ひょんな縁で『PHP』増刊号に読み切り小説を書くことになり、名作映画をモチーフにしてみようと思いました。

すべてが私の思い出の映画ではありませんが、きっと誰かの思い出の映画のはず。

そこで、映画のストーリーをなぞるのではなく、その映画に何らかの影響を受けた人たちの話にしました。

私は『ローマの休日』が日本で公開された年に生まれたので（何年かは小説を読んでいただければ判ります）、取り上げた映画は古いものが多いです。すみません。

各話の設定を紹介しておきます。

『ニュー・シネマ・パラダイス』の主人公は、思い出の映画館を再建しようとします。

『レオン』の主人公は、ダメ人間の父親。成長した娘と思いがけず再会します。

『ハチ公物語』の主人公は、殺処分を免れた犬。

『マディソン郡の橋』の主人公は、母の若き日の恋を知ります。

『小さな恋のメロディ』の主人公は、若い女の子の中に初恋の相手を見ます。

『愛と喝采の日々』の主人公は、結婚か仕事かの二者択一を迫られています。

『ローマの休日』の主人公は、若い男の子と二人でローマを旅する老婆です。

『バック・トゥ・ザ・フューチャー』の主人公は、タイムスリップして、死に目に会えなかった母と会います。


『PHP』増刊号連載時のものに大幅に加筆修正しました。

ほんの数ヶ月前まで映画館で映画を観るのは当たり前のことでした。

そんな日が戻るまで、この短篇集で〝映画〟を楽しんでいただけたらと思います。

二〇二〇年八月

伴　一彦

著者紹介
伴　一彦（ばん　かずひこ）
1954年、福岡県生まれ。日本大学芸術学部映画学科脚本コース卒業。脚本家。
81年、テレビドラマ「探偵同盟」（フジテレビ）最終回と映画「バックが大好き！」（にっかつ）でデビュー。「お姉さんの太股」（にっかつ）、「殴者」（ワイズポリシー）、「初雪の恋」（日韓合作）、「デボラがライバル」「JKニンジャガールズ」（以上、東映）などの映画作品をはじめ、連続ドラマ「うちの子にかぎって…」「パパはニュースキャスター」（以上、TBS）、「君の瞳に恋してる！」「WITH LOVE」「スチュワーデス刑事」シリーズ（以上、フジテレビ）、「ストレートニュース」「喰いタン」（以上、日本テレビ）、「恋する京都」「七瀬ふたたび」（以上、NHK）などを手掛ける。
著書に、『ラヴ・コール』（扶桑社文庫）、『逢いたい時にあなたはいない…』（ワニブックス）、児童書『みにくいあひるの子とよばれたい』（偕成社）がある。

目次、扉デザイン――bookwall

この物語はフィクションです。

本書は、『PHP増刊号』の2019年7月号、9月号、10月号、11月号、2020年1月号、3月号、4月号、5月号に掲載された各作品を大幅に加筆修正し、再編集したものです。

ＰＨＰ文芸文庫　追憶映画館
テアトル茜橋の奇跡

2020年９月22日　第１版第１刷

著　者　伴　一彦
発行者　後藤淳一
発行所　株式会社ＰＨＰ研究所
東京本部　〒135-8137 江東区豊洲5-6-52
第三制作部文藝課　☎03-3520-9620(編集)
普及部　☎03-3520-9630(販売)
京都本部　〒601-8411 京都市南区西九条北ノ内町11
PHP INTERFACE　https://www.php.co.jp/
組　版　朝日メディアインターナショナル株式会社
印刷所　株式会社光邦
製本所　株式会社大進堂

 ISBN978-4-569-90078-0

PHP文芸文庫

逃亡刑事

中山七里 著

警官殺しの濡れ衣を着せられた、千葉県警捜査一課警部・高頭冴子。事件の目撃者の少年を連れて逃げる羽目になった彼女の運命は？

PHP文芸文庫

京都祇園もも吉庵のあまから帖

志賀内泰弘 著

京都祇園には、元芸妓の女将が営む「一見さんお断り」の甘味処があるという――。ときにほろ苦くも心あたたまる、感動の連作短編集。

第6回京都本大賞受賞作品

異邦人《いりびと》

原田マハ 著

京都の移ろう四季を背景に、若き画家の才能をめぐる人々の「業」を描いた著者新境地のアート小説にして衝撃作。

PHP文芸文庫

桜風堂ものがたり（上・下）

村山早紀 著

田舎町の書店で、一人の青年が起こした心温まる奇跡を描き、全国の書店員から絶賛された本屋大賞ノミネート作。